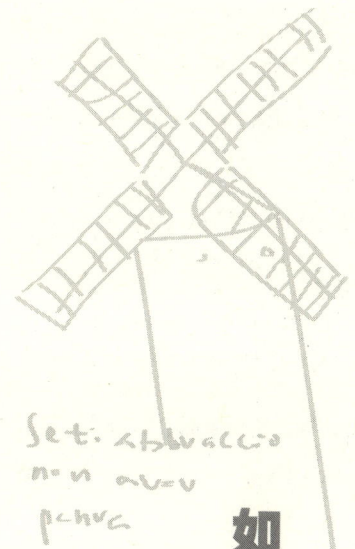

如果我拥抱你，请不要害怕

[意] 富尔维奥·埃尔瓦斯 著

张娟如 译

华夏出版社

图书在版编目（CIP）数据

如果我拥抱你，请不要害怕 / (意) 埃尔瓦斯著；张娟如译. — 北京: 华夏出版社，2014.3

ISBN 978-7-5080-7924-0

Ⅰ.①如… Ⅱ.①埃…②张… Ⅲ.①纪实文学—意大利—现代 Ⅳ.①I546.55

中国版本图书馆CIP数据核字(2013)第304332号

Se ti abbraccio non aver paura (If You Embrace Not To Be Afraid)
© Fulvio Ervas 2012
© Marcos y Marcos 2012
Published by agreement with the author through the Chinese Connection Agency, a division of The Yao Enterprises, LLC.
All rights reserved.
本书中文译稿由橡实文化事业股份有限公司授权使用

版权所有，翻印必究
北京市版权局著作权登记号：图字01-2013-6119

如果我拥抱你，请不要害怕

作　　者	[意] 富尔维奥·埃尔瓦斯
译　　者	张娟如
文字编辑	王占刚

出版发行	华夏出版社
经　　销	新华书店
印　　刷	三河市李旗庄少明印装厂
装　　订	三河市李旗庄少明印装厂
版　　次	2014年3月北京第1版　2014年3月北京第1次印刷
开　　本	670×970　1/16开
印　　张	15
字　　数	215千字
定　　价	39.00元

华夏出版社　网址：www.hxph.com.cn　地址：北京市东直门外香河园北里4号　邮编：100028
若发现本版图书有印装质量问题，请与我社营销中心联系调换。　电话：（010）64663331（转）

目 录
contents

1 在出发之前 / 1
2 12 / 旅途中
3 迈阿密 / 16
4 20 / 化险为夷
5 基韦斯特 / 24
6 27 / 性感的意大利人
7 西班牙对抗荷兰 / 31
8 36 / 一次出击穿越四个州
9 新奥尔良 / 39
10 43 / 迷失在路易斯安那
11 在空无中 / 48
12 52 / 纯粹的得州
13 今天是星期几？/ 56
14 59 / 新墨西哥
15 女狼俱乐部 / 62
16 66 / 哈雷摩托车中心
17 惊奇 / 69
18 72 / 在浆果林里
19 拉斯维加斯 / 76
20 81 / 给新娘的吻
21 洛杉矶 / 85
22 89 / 黑洞
23 都是贝利的错 / 91

如果我拥抱你，请不要害怕

24 94 / 瓜达拉哈拉
25 噢，好贵的汽油 / 97
26 101 / 阿卡普尔科
27 美食 / 104
28 106 / 再度上路
29 大头或十字 / 109
30 112 / 从墨西哥到危地马拉
31 跟着我 / 117
32 122 / 巫医
33 登陆利文斯顿 / 127
34 130 / 正向频率
35 威尼斯的阶梯 / 135
36 138 / 伯利兹
37 我要走了 / 141
38 144 / 土伦
39 地衣 / 147
40 150 / 哥斯达黎加
41 鬣蜥旅馆 / 152
42 156 / 美丽的小茅屋
43 巴拿马 / 161
44 165 / 罗克萨娜
45 方法 / 170
46 172 / 进入蛮荒
47 马瑙斯 / 177
48 180 / 牛和洞

目录

49 照看好他呀！/ 183
185 / 谢谢 50
51 可可 / 187
191 / 阿拉亚尔达茹达 52
53 信差 / 197
200 / 泥土 54
55 重金属 / 204
206 / 巴西之夜 56
57 安赫莉卡 / 209
212 / 滑雪大师 58
59 诱惑 / 215
217 / 库穆鲁沙蒂巴 60
61 罗曼蒂克 / 221
224 / 地球人 62
63 信 / 229
232 / 明天 64

1 在出发之前

有些旅行不是在出发时才开始,往往开始得更早,有时候非常早。15年前,我正安适地乘着人生列车,身边是所爱的人和熟悉的事。突然间,安德烈把我摇醒,掏翻我的口袋,换掉门锁,而我的生活一切都乱了。不过是一句话:"你的孩子可能是自闭症儿童。"我一开始的反应是不相信:这怎么可能!应该是诊断错误吧!于是,我开始把一些原先觉得毫无意义的小事联系在一起,这才发现我错了。然后像爆发一场飓风,不,两场,或者更像刮起了七场台风那样。从那个瞬间起,我整个人都陷在了狂风暴雨里。

我在诊断后离开,进入一家咖啡厅,要了一杯没有气泡的水。

"还要来点什么吗?"服务员应该注意到了我的呆滞。

"您知道自闭症吗?"

"不知道。"

"我也不知道。"

我看着水,缓缓地喝着,好像那水可以涤清思绪,把问题冲到肾脏,再从肾脏抛得远远的。但事情不是这样运作的。

"那怎么运作?"我问家庭医师巴纳尔——在我们这儿,大家都因为他那些对心脏病、冠状动脉和其他我毫无兴趣的事情的古怪论点而去找他,我也和大家一样。

"人若是好好的,包括心脏在内,身体的每个小零件就会没事。它是这样运作的:整个生命全都罩在一个钟形罩的圆顶下,中央都是些普通的毛病,旁边会有各种稀奇古怪的状况,生命的中间是稀释的,旁边却太过稠密。"

"我不懂。"

"生命并不完美,但它有自己的力量。"

他说得没错。生命有股自己的力量,让患有自闭症的孩子们也能成长。有人说,和患自闭症的孩子生活,意味着像在某种特定的专制统治下生活。光是想到世界要由安德烈来控制,就让我发笑。

首先是每个星期会有它的颜色。在红色的星期里,胡萝卜、柳橙、西红柿都可以自由贸易。各类津贴补助都只会给这些获准的物品,而运送花椰菜、甘蓝菜和豌豆的车则禁止通行。到了绿色的星期,商店里会摆上原先被禁止的蔬果,装柳橙的箱子得立刻运回西西里,胡萝卜也在田里一个个排队站好,全都回到当初被拔起的坑里,无论谁都不会在那时把法国来的胡萝卜送到费拉拉[1]。

对于喜欢李子和茄子的人就很抱歉了,绝不可能会有一个星期是紫色的。

"半满"或"半空"状态这类考验着最优秀的智者的两难问题,也不可能存在,一个瓶子或其他容器要么都必须空,要么都得满;原子笔笔尖要不都全在笔杆里,要不全都在外面,绝不可有些在内,有些在外,不然会有好有坏。这样是不可以的。

最好不要穿领口有拉链或扣子的运动衫或毛衣,不要让领口不经意地半开着。拜托,拉链请完全拉上或是完全敞开。不管天气冷不冷,争辩永远无效。一点小小的坚持是无害的。

无论谁都不准一整块地吃切成块的比萨。这里指的是从任何一个点开始,随心所欲地咬下一口。你得先吃白色的起司,然后吃绿色的萝

---

[1]. 位于意大利北部艾米里亚平原的城镇,为建筑艺术之都。

1 在出发之前

勒，最后——不过也只有最后——才能吃饼皮和番茄酱汁。每年应该还会过365次巧克力日。或许，这项措施不会那么令人不舒服。任何拥有室内恒温调节器的人，或他认为你有这些东西的人，都别指望他仁慈。要么关掉，要么就把它开到最大，因为不冷不热的温度不存在。

钟塔都必须配备有自动吹泡泡的机器。要在星期五和星期一有绵延不绝的肥皂泡泡，宣告周末来临，或庆祝一周开始。只要经济条件许可，在元旦、每个分点（春分、秋分）和至点（夏至、冬至），或每隔一段时间都要放烟火。这会是一个理念明确的专制，但统治者却是个脆弱且需要自由的专制者。因此，我们让他自己去学校。上学以及回家的10分钟，是他仅有的20分钟自由时间。他们问："你们不怕吗？"怕呀！很明显，我们一整天都提心吊胆。不过，每当背起背包出门和回到家时，安德烈脸上总是挂着微笑，所有的担心就都得到了补偿。因为自由并不是只需要能呼吸和有一颗跳动的心，那样是不够的。

当然，自由也不是不用付出代价，我们必须签下责任声明。我们知道，不管是对老师、警察、其他市民，还是对所有欧洲的汽车驾驶人，以及路过此地的观光客来说，让一个患自闭症的孩子自己上学都不是个小问题。

5月底的某个晚上，我无法入睡，想起几天前安德烈发出的吼叫。在遇到某些挫折后，他在屋子里四处游荡，非常不安定。我不停地问他有没有事，他奇怪地抓住我的肩膀，用从没有过的眼神盯着我看。他张开嘴，发出一声吼叫，那吼声像是穿越了时空，绵延数天。我感觉像是听见他在说："我没办法，我没办法，我没办法……"

这勾起了一些过去的情景：一场意外，摩托车抛飞出去，随后在我前方某处地面上传来安德烈的呼吼；人群聚集过来帮忙，挡住，我看不到他；右腿整个扭曲，注射止痛剂，"他是自闭症儿童"；两辆救护车同时把我们分开，然后两张病床并排着……这些我们都熬过去了，但安德烈那声叫喊却常常出现在梦里，或许当时他一点也不痛苦，或许那是当时他那奇异世界里唯一能找到的声音。某种东西在呼喊自由，声音焦躁地从肺部和喉咙冲出。

我起身，打开电视又关掉电视。我随着收音机哼着，打开那个摆着地图和旅游手册的柜子，把一张旧的世界地图摊开在地毯上，绞尽脑汁地想着那些国界：克罗地亚、斯洛伐克、马其顿、摩尔达维亚……

第二天一大早，安德烈已经起床，穿着睡衣游逛。他沿着桌子边缘，拂过沙发，检查客厅的窗户。我遍寻不着拖鞋，心想应该是整整齐齐地排在书房的椅子下。我光着脚踩到一片纸屑，接着又是一片，直到我看到桌上一堆更细的纸屑，是我那张旧世界地图。那堆世界的碎片原本是要进纸类回收箱的。

"安德烈，安德烈。"我咕哝着。我没有生气，完全没有。

他的表情有点忧郁。"没关系！世界变得很快。"然后我想到家里的报纸杂志常常"粉身碎骨"，只因安德烈以一种令人佩服的精准度工作着，仿佛要留下语言的碎屑给那些在我们房间里飞着的隐形知更鸟。

再过一个月学期就会结束，学校会开始放假。朋友们会送孩子去夏令营、卡珊蒂诺山区[2]，享受一个星期的天然森林美景，或是把孩子交给爷爷奶奶，或是带他们去露营，或为孩子们在院子里空出一块地，让他们踢球。这些都很好，小孩们就是需要放空脑袋，需要玩耍。

但事情落到我身上却还是一样复杂：谁陪安德烈？在哪里？我们要让他做什么？那些都适合他吗？作息变幻，行程满满，心里总不那么踏实，直到9月。

会累，是人性。

每一次遇到困难，每一次卷起袖子解决问题，都像是买了一张车票，这张小小的车票总会带你到下一站。

不行！今年不要这样。要是必须这么费劲，那力气就应该花在真正的历险上！

就算只是等待安德烈放学回家，或在人群中与他追逐，我们一直都在旅途中。已经到了出海的时候，我们必须放胆一游。

大旅行的念头犹如病毒，在心里悄悄蔓延，没有明显的迹象。我不

---

2. 意大利托斯卡纳大区的森林国家公园。

1 在出发之前

觉得这次旅行需要有详细的计划。对安德烈来说，每一天里，每个小时都是无法预期的，而对我来说，也将是如此，该来的就来吧。一天早上我去接从学校放学的安德烈，他快步走来。我问他想不想来个特别的假期，但在某家院子里晾晒的衣物吸引了他，他跑了起来，开始把一些床单挤成一堆，掰开小夹子，拉直袜子……

"我们到很远的地方去，好吗？"我问。

安德烈瞥了我一眼，微笑着。

"安德烈，我们去美国如何？"

"美国好好。"

站在那些只有安德烈知道怎么重新整理的床单前，我告诉自己："我和安德烈将会在尽可能与可想象的范围里穿越整个美洲，探访两个或三个地区，我们俩会像探险家一样，整个夏天四处乱走。"

休息站、防水毯、快餐、友善的人、匆匆走过的人、路旁打招呼的人……出去，走上一个月或两个月，或是遇上让我们疲惫的事，或者找到一个让我们感到很自在的地方，或是一个对出门还要老爸跟着的安德烈而言很棒的地方，直到我们累了才停。在那些地方，人们不会总是对我们说："等一下！你们来这里做什么？是来捣乱的吗？"我们哪有捣乱？不过是安德烈将撕碎的纸屑到处撒，爱摸人家的肚子和慷慨地到处献吻。好！我们会注意，会评估状况，我们不找麻烦，美洲，你就多包涵一下！

"你要忍受有自闭症的安德烈。"安德烈这样写给我。我想知道他对我们一起旅行的看法，于是我们和妈妈一起在电脑前讨论。安德烈不习惯单独跟我"笔谈"，他习惯有妈妈陪着。

他的回答让我有点错愕。

我一定会忍受安德烈的，他还会想到什么？"你别担心。"我对他说，"你也要忍受我啊！"

我问安德烈比较喜欢哪一种旅行，要安静的，还是热闹的？"安静和热闹都要。"他写道。两个都要，很好！安德烈，太棒了！这将会是我们的旅行，会是个奇异的、充满活力的、有点探险且有点疗愈的旅程。

一如往常，我惊奇地看着安德烈敲着键盘，那动作是每敲下一个字母前,拳头要捶一下心脏。捶心脏,敲字母,敲字母,敲字母,捶心脏,一个单词完成。

外面的世界像泥石流又像雪崩般地进入安德烈的内心。他没有抵抗,没有防御,像海绵一样全数吸收,光是看就会了解,他有个不同的本质,完全属于他自己,真真实实的。他用声音表现出来的是毫不连贯、没有表情的词汇,如房子、转圈、绿的那个……而他的回答听起来很机械化,会重复问句里的部分词汇。那些流渗出来的是浓缩过的精华,是炼金师从少许的词汇拌以强大的回声所蒸馏出来的。我们只需要学习去倾听即可。

安德烈经过多年的练习,加上有人引导、协助,才学会可以用电脑写出完整的句子。还是有人对我表示他们对这种学习法的困惑,很多时候连我自己也不相信我所看到的。我以为显现在屏幕上的句子是在他身边的人插手干预的结果。但后来,我很惊讶地看到,安德烈学会了自主。现在他可以用电脑书写,不再需要有人引导他的手臂也可以说出他对许多话题的想法,例如,自闭症、生命和爱。我保存着所有他写过的文字,从最奇怪、最无意义的到最动人的都有,这些都是从他的世界里所寄出来的书信。

我临时决定了出发日期——归零点,我们出发的原点——为7月6日。我原想要在美国独立日7月4日出发,在独立日启程也许更安全,可惜没办法。

"什么？旅行？啊！不好吧！"老师和其他家长马上这样说。自闭症患者只有在可预期的情况下才会感到自在,他们喜欢惯常的规律性,无法忍受太多的改变和变动。那我还在期望什么？这可以理解,很正常的,应该是我太过莽撞。于是我向安德烈的主治医师们寻求建议,而他们也不鼓励我这样做。

"因此最好是把他留在家里。"

"对,就是家里……你喜欢的话,可以安排一个轻松的假期。乡下到处都有安静的地方。"

"例如？"我问。当下我了解到,绝不要指望医师们会太精确。

1 在出发之前

"耶索洛[3]?"

"那里的海滩,人太多……"

"那去山上的景点。"

"哪一类的?"

"多洛米蒂山区[4]……"

我看着这些医师们,我当然尊敬他们,可是我不能忘记,在安德烈身上已有了各种疗法的痕迹。为了治病,他已经旅行了够远、够广,从我家到米兰,到热那亚、瑞士、摩德纳、波隆那、锡耶纳,或到普利亚上课,这些路程加起来都足以环绕地球了。通过各种疗法——有德国疗法、美国疗法、法国疗法,还有传统医疗法、实验疗法、心灵疗法,安德烈也认识了半个世界。我们总是充满信心,接受建议、帮助和忠告,我们总是向前看,不带成见。现在我们要用另一种治疗方法,我感觉它会有效。我们将会像空气一样度过三个月。

比较亲近的朋友们立刻就意识到我在讲的不是度假,而是自由。

"那你要去做什么?"

"去找蓝色毛虫。"

他们都知道安德烈弄丢了他最爱的布偶,那是一只蓝色的毛虫玩偶,在他开始接受治疗的阶段里弄丢的。我也颇喜欢毛虫那软软的身体、特定的颜色、顽强的意志、贪吃的样子,还有它们在枝叶边缘,或悬吊在空中,或在地上展现的平衡感。

"那你们找得到它吗?"

"我们试试看。"

大家听得睁大了眼睛,他们也开始不耐烦地问我们去哪里,怎么去,时间是在何时。听着这些问题的时候,我想象这次行程最开端的路线——骑摩托车延海岸线跨越美国,然后南下或者往上,但谁知道?我还完全没想到回程。你看,说得好像安德烈有办法让我可以一直旅行下去。

一丝恐惧升起,而那是必然的。

---
3. 位于意大利东北部威尼斯省滨海的城市。
4. 位于意大利北部,属于阿尔卑斯山脉的一支。

下了一整天雨。我躺在床上，安德烈也显得焦躁不安。看来我们应该进入旅行的精神状态，口头聊聊根本不算出发。我抱着安德烈，对他说："我们应该来为旅行做点训练了。"

"旅行，爸爸。"

"你准备好了吗？"

"好了。"

"你不能让我失望哦！"

"要乖乖的。"

我们开始骑摩托车长途旅行，我跟安德烈说要抓紧，想象是在美国旅行，美国有飓风和龙卷风，所以得抓得很紧，于是他使尽力气，差点让我窒息。我们骑了好长一段路，我注意到安德烈始终紧紧抓住我，一刻也没放松，正如他也没有忽略过路上的任何细节一样。

"安德烈，我们要去哪儿？"

"到最远那边。"

安德烈确实精准得有如导航卫星。我们上车、下车、停在休息站、加油、吃东西……因为现在休息站都仿效美国，我们就能在早上，甚至任何想吃东西的时候去吃。

"我们现在要爬山坡喽，你要戴好安全帽，我会检查。"我说，因为安德烈总是不戴好安全帽。好几次他一跳下摩托车，等都不等，就一溜烟儿地跑了，我连安全帽都还没拿下，他已经不见了踪影。"注意！安德烈！"我说，"眼睛要盯着爸爸！"

"眼睛要盯着谁？"

"盯着爸爸！"

在阿尔卑斯山的山路上，我指着警车，要他看上面的警示灯，我们模仿警笛声，用手指当枪，射击假想的郊狼——我们假想阿尔卑斯山某些山路上郊狼盘踞，这是我们的演习，帮助我们成为一支小而团结的队伍。我们寻求一种可以接受的合作模式，让彼此能互相了解。到了晚上，我们就拼命地看各种美国影片，我希望他在心里记住一些小细节，而不要登上月球后却不知道自己面对的是什么石头。

1 在出发之前

"约翰·韦恩是谁?"

"约翰·韦恩好耶!"

"什么好耶!他是牛仔!"他笑了。

一切都没问题,我对自己说。"安德烈,我现在要告诉你我们要走哪一条路。我们从迈阿密左转到基韦斯特,穿过佛罗里达,然后到亚拉巴马、密西西比、路易斯安那,然后我们就会到洛斯……洛……"[5]

"落到医院。"

"不是医院!乱讲。是洛杉矶!然后呢?要是我们累了,要在洛杉矶做什么?"

"累了,爸爸。"

"我们会累吗?"

"会!"沿海岸线走,这是经典路线。经典路线就是保险的路线,不然为什么叫经典。我们只需预订摩托车和迈阿密的旅馆就够了。

一家人——我、妈妈和安德烈的弟弟——为了这次分开而聚在一起,还有我们的小狗菲利普,它是不能缺席的。它到家里的第一天,安德烈给它的热烈欢迎就是把它扔到窗外,那时候菲利普才两个月大,还没学会飞行!我看着安德烈,在电脑上给他打一个句子:"嗨!再过不久我们就要出发了。"

安德烈异常有活力地快速回答道:"我们玩得愉快,谢谢爸爸。"

父:你知道我唯一害怕的是什么吗?就是万一我们走失了,再也找不到彼此。你有什么想法?[6]

子:我和爸爸在一起。

父:如果是你迷路了,找不到我,你怎么办?

子:我死掉。

父:你才不会马上死掉。死掉前你会做什么?

---

5. 原文父亲说los...los,儿子接lospedale,正确写法为l'ospedale,指"医院"。
6. 为尊重安德烈家长所提供的原始文稿,在本书中法兰哥与安德烈在电脑上的对话,以标楷体呈现,未加更动与润饰。

子：看看四周。

父：那如果你过了很久都没再看到我，你会……

子：我喊爸爸。

父：可是，如果我们走散了，直到晚上我都没有出现……你怎么办？"

子：我坐在咖啡厅里睡觉等。"

父：好。你知道还有一件事你应该做吗？一看到警察过来，就要抓住他不放，知道吗？

子：是，好。

父：那你要跟他说什么？

子：爸爸跑掉了。

父：你要跟他说Lost，英文的意思是你走丢了。如果警察是说西班牙语，你要说Perdido，知道吗？

子：Perdido。

父：那你准备好要探险了吗？我们走到哪儿就睡哪儿，找到什么就吃什么，还要适应路上的一切。

子：安德烈准备好了。

父：出发前你还有什么事想要问或想知道的？

子：爸爸开心吗？

父：很开心，我等不及了。我也没有做过这样的旅行……

子：我们是探险旅行家。

父：没错！你害怕什么东西吗？

子：没有。

我要他跟弟弟打个招呼。"哥哥不在你要乖。"

还有妈妈。"嗨，亲爱的妈妈，我给你很多吻。"

我们都很激动，就像一组执行月球任务的航天员，但天知道我们是不是已经有了足够的训练。他们还问我，在美国地心引力是不是比这里小，我们在那里会变得比较轻还是比较重……

出发前不久，我心里突然产生了一阵担忧：我跑到写字台前，在抽屉里翻找安德烈写的文字。我把最美的和最打动我的部分剪下来，决定把它们带在身上，再带上写有朋友建议的必游景点的便利贴。

这是一场纸张的旅行。

我度过最后一个单独一人的晚上，尽可能理出一个轮廓——我们只需要两个背包来装摩托车服。我计算过我们所需要的内裤数量，以及每平方公里内的洗衣店比率，最差也不过是我们只穿着粗糙的牛仔裤，还没听说过有人被粗糙的牛仔裤磨死。

在根本没有办法知道应该带多少双袜子的当下，我将数量减半，即使臭袜子确实会使人变得更孤单。我们也可能会遇到麻烦的状况，要问人家该往这里还是那里走，而他们却在靠近时被我们熏昏，于是我们会被挡在最好的景物之外。

此外，我尊重妈妈的预估，也把牛仔裤数量减半，因为女人总是对实际情况有种神奇的感知，不会让你遗漏什么，她们会把行李打得像仙女保姆包萍的包包[7]，然后宁愿塞进六条牛仔裤也不要带卫星导航仪，运动衫也绝不要太多。没错！我还带了安德烈的魔术棒。"你带魔术棒做什么？"我问安德烈。"魔术棒……魔术棒……"我被他说服了："一点魔法念力应该会有用的。好，羽绒衣、拖鞋……"我语无伦次，声音高高低低，重要的是通通都用得到——沐浴乳、牙刷、照相机、手机、笔记本电脑、护照、信用卡和一些钱。停，不能再装了，还缺什么路上再买吧。我带着旅行的感觉，一边想一边进入了梦乡。

从其他人的评论里我感觉得到，或许他们认为这件事有点吹嘘的成分，像是骑马度过急流一样轻而易举。它应该也是。若是相反的，换成是安德烈带我出去呢？

某些旅程的出发有着神秘的动力，你必须从身心之间去了解这股从内在驱动的力量。你必须走出去，了解它……

---

7. 澳大利亚儿童文学作家特拉弗斯在20世纪30年代的畅销小说《保姆包萍》里的仙女保姆包萍，1964年改编为同名电影，中译为《欢乐满人间》。仙女保姆包萍的提包看起来简单，体积也不大，里面却包罗万象。

2 旅途中

某些旅程到最后就是出发。没有热闹喧腾，没有乐队伴奏。安德烈拥抱妈妈，抱紧后放开，然后亲吻她。妈妈告诫他不要抱任何人，也不要摸人家的肚子。"美国人不喜欢哦……那些人会生气，然后会开枪。"

我们看看彼此，想起曾经买的一些T恤，上面写着："如果我拥抱你，请不要害怕（se ti abbraccio non aver paura）。"在学校里，安德烈会突然用力地去抱同学，我们希望有了这样的T恤会让事情好处理些。我们不想弄得像是危险的警告，或像个请求，所以字体不大也不小。建议很单纯，而且彩色T恤也真的挺好看。我们好不容易才让他穿上这样的T恤。安德烈把手伸得高且直，我们一点一点地慢慢帮他套上T恤。我们买了白色、蓝色、红色和橘色四种颜色，本想可以替换着穿，但总有好几天，安德烈只想要穿橘色或蓝色的。因此我们又加倍买了一些，他的衣橱里就有好几叠这种彩色T恤。

"每个地方都要洗，知道吗？"

"东西不要乱吃。"

"喂，别把他弄丢了！也不要把你自己弄丢！"安德烈的妈妈对我说，她眼睛闪烁着光芒，半是泪光半是骄傲。

2 旅途中

安德烈的弟弟闪避了这些感人的拥抱送别。他们在登机口帮我们俩拍照，我们肩并肩，安德烈把头靠在我的肩膀上，我知道他的梦想实现了，我感觉得到它在进行中。

通过安检时，我把笔记本电脑放在塑胶篮里，安德烈看着，把它摆好。他冲向闸口，警察拦住他，他想要拥抱警察。"这是一种芭蕾舞步。"我连忙解释。没事了。然后安德烈向前飞奔，停在大窗前观看飞机运作。我说："不久后，我们就要登机了。"

坐在位子上等待起飞时，我慌乱不安，像是从远方观望般地观察着机舱和其他乘客。心想："我会不会野心太大了？"

安德烈玩着安全带，突然扣上。出发了！

"安德烈，你是不是答应我，要一直跟在我身旁，要听我的话？你要不要答应我？"

"我答应，爸爸。"

"答应我，不要再把手臂伸给我要我咬，好吗？"

"一点点好。"

"你答应我什么？"

"要乖。"

"还有不要……"然后我们就起飞了。才一下子，所有东西都变得小小的：街道变成线，农田变成小手帕，城镇成为一堆屋顶，凝结在一起，我们的家也看不见了，速度将景物溶化，小小的东西急急飞逝。过去这几年的假期、学校、和善的老师和不和善的老师、医师以及所有的建议和恐惧，通通溶解，我们已经在天上了。

整个飞行几乎是静止的，我们只有在上厕所时才起身。安德烈看着窗外，我跟着一起看。他的眼神随着云看了一阵，然后抓住我的手。他不是第一次搭飞机，我相信他不害怕。不对劲时，他也没露出不安的阴郁。很简单，他跟我紧紧相系着。"安德烈，过了这片天空，美国就在那边等着我们，如果不喜欢，我们随时都可以回家。'喂！美国人！我们不喜欢你们！'这样好吗？"

"一有问题，我们马上回家。"

我感觉到安德烈的身体与心灵是"集中"且平静的。再过两个小时，我们就是美国人了，比昨天更美国。

在迈阿密机场上，四分之三的各色人种都抬起头盯着登机门上的告示牌看。安德烈看看四周，他被四周的事物吸引着，小心翼翼地踮着脚，用手轻轻撩过空气。

我们遇到一个反应很慢的出租车司机。他在我们上车前沉思了一下才转动计程表，一调再调后照镜，喃喃说着话。

"那孩子有什么状况吗？"他问我。

"没有。"我回答。

"我觉得好像有点问题……"

我说他是自闭症儿童，并想要停止这个话题。

"您可以早点跟我说！"

我火大了。好，到这里，我想，我要生气了。我们不能跨过大陆远渡重洋，然后还被大家指着我们说："喂！你的小孩有什么毛病啊？"不行！我不喜欢。美国是个包容各种族的国家，而你却卡在这个自闭症问题上？我一点也不喜欢，于是按捺不住，发火了。

"算了，安德烈，我们下车……"

"不不！我是说，坐我的车，这样的孩子只要半价。"

你看看！美国的迎宾红毯是一趟有折扣的路程，以及一个低于预期的旅馆。旅馆的接待柜台还算整齐，安德烈抓到一把广告折页，便开始将之撕成小碎片。柜台的服务人员试图优雅地抢回来，于是产生了一场无声的拉锯战，直到安德烈突然亲了他一下，击败了他。那位先生只好放弃那堆纸片。

房间破旧，算不上干净，与我在网络上看到的样子不同。但我们累了，我不想去理论，安德烈也刚打胜了那场惊人的广告折页抢夺战，所以一比一扯平。这时我想，最好可以跳到海里，在游泳中消除掉所有的紧张和压力。

2 旅途中

安德烈曾在五岁时跳进游泳池里,在我们惊讶不已的眼光中,憋气来回游了一圈。当时我们想:他根本就是海豚!以后会在英吉利海峡两侧的水里成长和游泳,会是个游泳冠军……我们快速吃了晚餐,然后就寝,睡第一次美国觉。安德烈睡得很安详,像个睡鼠球队的队员,头一挨枕头便睡着了。我抽出一段安德烈写的文字,有如偶然间拔开香槟酒的瓶塞般。我在心中清楚地默念着:

父:为了改善沟通,我需要一点小小的帮助……我非常需要你的建议……

子:你通常认为我很讨厌没礼貌,我很敏感与众不同也非常孤单。

父:好吧。那关于我该怎么样对待你,再给我一个建议吧。我对你的方式你可以接受吗?还是……?

子:爸爸对我来说是独特的我希望安德烈对爸爸来说也是独特的。

父:你觉得不是这样吗?

子:我希望还有美好的部分你知道。

父:"你知道"是问题还是肯定?

子:只是问题。

父:我想我还不了解全部的安德烈。帮帮忙,告诉我,什么对你来说是最好的……

子:不爸爸那不是我的任务。

还有多少的路要走啊……

3 迈阿密

瞧！早晨7点,我已经起床。外面不再有往常的书报摊、熟悉的咖啡厅服务员,以及"喂！怎么样？""喔,好,小杯咖啡？""加糖"等这类熟悉的对话,一天在打个呵欠后开启。相反,一片寂静,没有声音,没有匆忙。我整晚一直做梦,梦见安德烈写字。他没用电脑,而是用一种特殊的笔写在柏油路上,用红白两色在我们经过的地方到处留言。他写下巨大的字母,要从高空才看得出来,任何越过美国上空的人,只要向下看,便可以看到安德烈这些白线条所呈现的话语,若是愿意的话,可以从天上丢下问题,他也会回答你。

"你喜欢看哪些电影？"

"我喜欢讲兄弟情谊和爱那一类的。"

"如果盯着别人的脸看,你会想到要做什么？"

"会想笑。"

就是这样,在我的梦里,世界说话,他回答。

走道上有声音,脚跟拖曳,也许是有人出去玩通宵,现在才回来。我回想起昨天,想起安德烈踏上美国的最初脚步,他踮起脚尖,带着芭蕾舞者般的迟疑,像随着某种秘密的旋律舞蹈着,也像跳水选手内在的张力,始终蓄势待发。这像是一种责难,却是他自身力量的约束,他仿佛清楚危险的严重性,但同时为了胜利,也全力冲刺,是一种充满动力又复杂的平衡状态。

今天我们得租摩托车——我们在美国骑的"马"。当然,是一匹喝汽油的"马"。

等安德烈起床后,我们就完全进入了我们的旅行中,我有点紧张,想看到他的表情。他抬起头,审视着天花板,看了我一眼,微笑着。我看着他的动作,伸展,扭动身体,走进浴室。他在里面待了很久,我叫他,但他没反应。我打开门,很确定地以为他会盯着抽水马桶的水看,结果发现他拿了白色肥皂、玫瑰红的牙膏和天蓝色的漱口水在玻璃上画了密密麻麻的格子。他看到我时,一只手指头正在调料,弄出一堆一堆小小的色圈。

在离旅馆几百米远的餐厅里,我们点了我们的第一份美国早餐。我点了巧克力甜甜圈、咖啡和平常喝的气泡矿泉水。安德烈很开心,他观察着每一个事物,突然站起来要整理甜甜圈的托盘,一只手还拿着他的魔术棒。我注意到他还带着魔术棒睡觉。这时一个丰满圆润的女服务员经过,安德烈一把抱住她,也不管托盘上满是杯子。我倒吸了一口气,这要是在意大利,早就天翻地覆了,女服务员会四脚朝天,热滚滚的咖啡到处飞溅,而我们会被一脚踢出去。但相反,这个女服务员流畅地一个转身,非常专业地保持身体平衡,她吓了一跳,但只看了一眼便了解了整个状况,她亲切地皱皱眉头,压制住了安德烈。

我心想,他们不觉得安德烈很烦,并不是所有人都不能忍受他。我想来做个小测试。我慢慢地站起来,走开,让他们留在那里。我站在一个不会被安德烈发现的角落观察他,要是他有什么异常的反应,我会立刻出现。安德烈留在原地,显得有点疑惑。他看看四周,在找我。他脸色阴沉下来,不过自己能控制住。那里陆续有人进来,音乐声也愈来愈大,我感觉他已经受到干扰了。我走回座位,然后我们就离开了,跟在我们后面的是那个圆润润的女服务员,她对安德烈很有兴趣。他已经虏获了第一颗心,我感觉他将会让半个美国爱上他。

我们走了很长一段路,欣赏城市的细节:橱窗、色彩、广告、一些巨大的图画、匆忙的行人、十字路口的节奏……这真是感官大轰炸，不过安德烈泰然自若。他走在我前面，不时回头看看，我们相视。他领悟到了什么？我揽着他，对他说接下来会发生的事。

"安德烈，我们现在要去骑摩托车，我们要去很远的地方。现在要收拾行李，不要遗漏什么东西，把需要的随身物品带上。"

租车公司的职员介绍我们看一些不同款的摩托车，他强烈推荐了几款他认为非常适合我们的。安德烈对所有东西都会动手摸一摸，特别是小小的车镜。角落里有辆红色哈雷，像只老练机灵的狐狸对着我们眨眼睛。"就那辆！"我说。那位职员也没有异议，成交！

发动，运转，先转一圈。一出租车店，就有个警察开车过来拦下我们，他显得很傲慢，对我们大喊："逆行了！逆行了！"是逆行吗？安德烈用魔术棒点一点警察，那个警察皱着眉看着我们，他在给我们时间适应环境！不过，也许警察是对的，我们俩是在满是人声的路上逆行了。

我们冷静地滑行骑走。行动的力量让我们一公里一公里地吞下大地，柏油有如覆盖其上的巧克力，路上的指标是特地为我们写的。安德烈像预知暴风雨来袭般，以男孩才会有的力气，紧紧抓住我。我们骑着摩托车穿越迈阿密海滩。

"到了迈阿密，你们一定要去苏格肯[8]，别忘了，迈阿密的苏格肯挤满了最多的名人，是看名人超赞的地方。"

曾旅行了大半个世界、对各地都了如指掌的许多朋友和认识的人给了我们许多建议，和我们分享了他们旅行的经历。例如说到五大湖区：

"不！我们不去湖区。"

"为什么？那里美呆了！"

"没错，可是我们不去。"

"好，不过不要吃麋鹿肉，也绝不要吃野牛肉，因为很难消化。"

我知道我们会随心所欲地走，到时候可能会是道路和当下的直觉引

---

8. 位于迈阿密的中城区，逐渐发展为美食与夜生活的热门区域。

3 迈阿密

导我们前进。但现在我们要听我朋友卡罗的建议,他的建议让我有种受到舒适保护的感觉——他们在家会想念我们,也会想念苏格肯。

"名人,就是那种跑到苏格肯去打发夜生活的张三李四,然后让我们这些会死的凡人去观察他们。"我解释道。我本以为这个地方只是个传说,事实上整个气氛真是相当热烈。对于那些名人来说,我们这些人简直是透明的。我和安德烈觉得很放松,他观察着每样事物、每个小细节。他对装饰着柳橙和莱姆的大长凳有些着迷,旅行一开始的紧张感逐渐松弛,如今我们已经进入事件的进程中,我们已经在舞台上,在戏目里。

晚上在旅馆里整理行李,我提醒自己不应该忘记抽屉里的东西——外套,就在椅子上,它会是我们的第二层皮肤。我问自己,要是遇上暴风雨,这些防雨用具是不是足够……因为骑着摩托车并不都那么容易,而明天即将开始长途旅行。安德烈还没上厕所,得检查一下。

如果我拥抱你，请不要害怕

> Ernest Hemingway
> Home
> Open 9 a.m. ~ 5 p.m. daily
> Admission Adult $12 Child $6

4 化险为夷

在美国的第三天，我对自己说："看吧！行得通的。所有唱反调的、悲观的都栽到阴沟里，那些不面对命运、机缘，担心时差、摩门教徒的优格、达拉斯症候群[9]等的人都错了，我们在这里已经三天了，明天就是第四天，然后第五天……啊！剩下的就靠算数能力去计算。"

"这种概率会有多大？"

"大约五百分之一。"专科医师说。

我呆滞地盯着他的眼镜，那副镜框又黑又方，很抢眼。医师看起来有点生气，应该是我看起来不太专心，但其实我不是，我盯着镜框的细节只为了一个简单的动机——避免去看他的医师外衣。那种镜框是一般商业人士也会戴的那种，例如银行总裁或是糖果批发商，还有我的邻居，没错！我的邻居也有一副那样的眼镜。但是我的邻居不会对我说："你的孩子是自闭症儿童。"这种诊断用语只有医师才会说，充满寓意的寥寥几字，却又理所当然。

---

9. 核心议题为：信息科技是否威胁了基础价值、地方文化以及人的心灵？达拉斯象征着对这些议题的辩论，也象征了一场没有得到应有重视的社会革命。最具代表性的事例为美国名人辛普森杀妻案件的审判。人们也因此案，直接接触了一种新的宣传理论，即所谓的"魔弹理论"，直接而迅速的刺激。

4 化险为夷

我们把行李搬上摩托车,有效率又合作无间。旅馆的人在窗边偷偷看着我们,安德烈绕着哈雷摩托车转了一圈,停在前面,他拍手的动作让他们很惊讶。他舞动的身体让人注目,这点我知道,你很难不注意他。我对安德烈说:"我们是两个电影明星。"而这个旅行就是一部电影。他很喜欢我们是电影明星这个说法,我们是"惊奇四超人"(当然是分成两组的),是蝙蝠侠和罗宾。

"安德烈,我是大恐龙哥斯拉,你是金刚。"

"不要金刚。"

"好吧,那你是哥斯拉。你知道怎么演哥斯拉吗?"

"我会一点。"

"很好!"我们离开依旧多云的迈阿密,高楼大厦耸入密布的乌云中,但比起前晚,这个城市的外表显得没有那么黑暗。

在家里,朋友们开我玩笑。

"要是摩托车坏了怎么办?"

"就修理啊!"

"你知道什么是 le fasce elestiche[10] 吗?"

"用来绑头发的东西。"

"你知道什么是 un pistone a cielo cupo[11] 吗?"

"就是暴风雨中的活塞。"

"机件卡住时怎么办?"

"我只好哭。"

"那你知道活塞挂了是什么情况吗?"

"就是万一我把安德烈弄丢了,又找不回来时的那种心情。"

"你修过 un buco su cielo[12] 吗?"

"为了渡过难关,我每天都在修!"

---

10. 字面意思指"弹性环",实际意思为"活塞环"。
11. 字面意思是"黑暗天空下的活塞",实际是指"凹顶活塞",活塞的一种。
12. 字面意思是"天空的一个洞",实际是指"活塞烧熔",活塞损坏的状况。

如果我拥抱你，请不要害怕

我们一路往美国国土南方前进，直指最南边境，然后北上。

我们经过一个又一个小岛，小岛由许多桥梁连结，感觉像在海上奔驰，从一艘船跳到另一艘船，每块小小的土地上各自有不同的设备运转，犹如一个驶向大海的庞大船队。很难不相信我们迟早会遇上不可能的国度：梦幻岛[13]。

基韦斯特美极了！这里是美式与古巴风格建筑的混合体，好多木造房子，我们走进海明威故居，里面到处都是照片。安德烈摸着威风凛凛的剑旗鱼，鱼尾巴向上倒吊着，海明威的踝骨异常消瘦，膝盖也显得有点尖凸。那条鱼其实不美，却相当迷人。晚上时，我们几乎又和半个世界的人一起，在马洛里广场[14]，等待最受期待的夕阳美景。西沉的太阳迷惑住一群为了向这个星球学习跃入空无的艺术而聚集的走索艺人与空中飞人。与太阳魔幻般消失的同时，弥漫在空中的是烹鱼的气味，食欲伴随着夕阳之诗。安德烈不耐烦地跺着脚，我们随着气味向前走去，突然间，他不见了，他走在前面，在一阵混乱中不见了。"不会吧！我们才刚到这里。"我走回第一个地方，没有看到他——要是他饿，可能会为了要扑到想吃的东西上而跌倒，然后我又回到下一个地方。他在那里！白T恤，蓬头，舒服地坐在长凳上。从背后看，他像是在吃东西，或许在吃薯条，他还很确定地把薯条拿给坐在旁边的男孩子们。我叫他，他没回答我，假装没听到！我开始焦虑起来……

我走到他后面叫他，他还是不理我。我在他颈背上大手一拍："安德烈，你怎么一下子就走丢了？啊？不是！"我连忙转过来向那些孩子们道歉。

当我看到那个蓬头和白T恤时，我呆了，对方也是一愣，不过没转身看，我屏住呼吸，感觉怪怪的，但已经来不及了。接着从洗手间里钻

---

13. L'isola che non c'è，即苏格兰小说家及剧作家詹姆斯·马修·巴利（1860—1937）的作品《彼得潘：不会长大的男孩》里的Neverland。
14. 基韦斯特最受欢迎的观赏夕阳的景点，每天在日落前两个小时起，数百位观光客便开始聚集，开始每日庆祝夕阳的活动，这里有表演活动和小吃摊。

4 化险为夷

出一位全身刺青和满是肌肉的美国队长,他用鱼叉般的眼神刺向我,而且只要他抓住我的下颌就可能造成我严重瘀伤。

"喂!你在对我女朋友干什么?"那口气听起来像是海军特种部队,"我找不到本·拉登,倒是找到了你!"

那个女孩仍然呆在那里,薯条还抓在半空中。

我试图为自己辩护、解释,我看看四周,发现安德烈坐在稍远一点的地方,正和一群希腊男孩吃着薯条。

"这种概率会有多大?"说到概率,要跑到基韦斯特遇到一个跟安德烈相似的蓬头和白T恤的概率有多大?

我向那个海军指指安德烈,尽管他的荷尔蒙汩汩流出,正在他的动脉里流着,但看到安德烈的白T恤和森林般的头发酷似他女朋友时,便缓和了下来,也把二头肌收回外皮里。之后我也跟着希腊男孩们坐在一起,欣赏美景,一起吃喝。

因为逃过双重劫难的开心,我们在晚餐后便骑着摩托车,像真正的观光客一样慢慢逛,一直逛到哈雷带我们到汽车旅馆。我们有两张又大又软的床,一切都很好。晚安,安德烈,明天我们要去坦帕,希望我不会梦见那个海军。

5 基韦斯特

我在出发前曾查过,是否已经有种可以放在安德烈身上的微芯片,这样万一我们走散了,就可以用它来定位。我连这个都想到了,却还没有一种装置可以用在这个目的上。这时我想到一件事:

"假如我们身上有一条隐形的松紧带连结着,只有你和我看得见,这样你可以自由行动,只要我一拉,就会找到你。"

我假装在自己身上套上一条绳带,然后把它套在安德烈的腰上。这样,我们就连在一起了。

"安德烈,我们用什么东西连在一起?"

"松紧带。"

"绑着松紧带的我们会走散吗?"

"有可能。"

"顽皮鬼……"安德烈今天早上笑了,他眼睛闪亮。我们在一片充满整个房间的晨光中醒来。骑往坦帕的途中,是一片光辉耀眼的海水。安德烈注意到某种东西,他在后座上很不安分地大喊:"水上摩托车!水上摩托车!"我也看见水上摩托车疾驶,溅起一片水花,我跟他说美极了。安德烈还是一直喊:"水上摩托车!水上摩托车!船、海鸥、水上摩托车、好大的露营车、好多车。水上摩托车!水上摩托车!"

5 基韦斯特

沿路喊了好几公里。我们停下来加油时,他的眼神难以抗拒"水上摩托车"。好,我知道,安德烈,今天由你来决定我们做什么。

看到我们又回来,汽车旅馆的人一脸疑惑地问:"你们忘了什么吗?"

"不是!因为这里太美了,我们舍不得离开。"

他给了我们原先那个房间的钥匙,脸上露出一丝骄傲,很高兴我们懂得欣赏他的城市。

我们不骑哈雷,改为骑水上摩托车在潟湖里探索,滑行在透明的水面上。躺在加勒比海岸的沙滩上,感觉像是遗忘了时间,我心情平静,半闭着眼睛,追随安德烈跳起,一下子扑进水里,他是个属于海洋的小家伙。

忽然,我看到安德烈离开水面,向沙滩上探寻,我让他自己去玩。他发现远处有些木条长椅,于是向长椅冲去,仔细欣赏那些椅子。他是全世界最优秀的木条长椅检验员。

有个先生坐在长椅上,他神情专注,沉浸在书中的文字里。安德烈从另一端坐在长椅上,慢慢向他靠近。那位先生看起来像个学者,他戴着一顶好看的草帽,身穿轻质衬衫,叼着烟斗,书本举在半空中,像是在默记内容。

他想表现出镇静平和的样子,实际却显得机警小心,书本在颤动,烟斗也几乎熄灭了。安德烈持续向他靠近,他则滑向长椅边缘,没有半句话,接着假装突然停止阅读。"喔!"是他最后说出的一个字。我看是我该出现的时候了。安德烈碰到他,对他笑,那位先生也回以微笑,为了避免尴尬,他想站起来,而安德烈却抱住他。他一点也不优雅地发出轻轻的叫声,一脸疑问地闪开。也许我应该早点介入,去告诉他:"如果他想要抱你,请你不要惊慌。"像这样一个受人敬重的绅士,通常就不会太介意。

"没关系啦,又不是世界末日!"好不容易接近长椅的一边,人却忽然逃跑,似乎让安德烈为此倍受打击。他静静地站着,眼光搜寻着我,我做了一个"没什么关系"的手势。他带着愉悦的笑容向我走来,

如果我拥抱你，请不要害怕

我则向他跑过去，此时有一小片玻璃，冷不防地划破了我的大脚趾。伤口蛮深，流了很多血，我疑惑地看着脚趾，似乎仙丹的保护力已经失去效用。要是在我家附近，急救中心铁定会替我打上好几针。

我一边喃喃地咒骂一边走向摩托车，沿路留下一列红红的血迹。我用纸巾掐住脚趾，直到它变苍白，然后穿上鞋子。我还有比这个更紧急的事要解决，包括要骑摩托车、打点安德烈的晚餐、催他刷牙、用牙线、检查他有没有脱好衣服再洗澡、屁屁有没有洗干净、他有没有受伤……这些才是最要紧的，脚趾的伤迟早都会痊愈。我看得出安德烈很开心，却很难了解他真正需要的是什么。我试图用直觉去了解，这无疑经常出错。虽然在他的路径上，我相当曲折、漫无方向地胡乱游走，但直至目前为止，一切看起来还算顺利。

在旅馆里，我研究着地图，检视我们的路线，在网络上浏览，研究需要的信息。安德烈在我旁边，他看起来无所事事，而他有可能就会一直保持这样两三个小时。谁知道他会不会觉得无聊——如果无聊这种事也可以用在他身上的话。在当下，如果呈现在他眼前的世界是个充满直线，到处都是灰色的建筑，以及三种颜色的交通信号灯组成的无聊地方呢？说不定，实际上他已乘着飞毯翱翔，跃上云端，从这朵云跳向另一朵云，然后像坐上巨大的云霄飞车一样，从这座山峦滑向另一座山峦……

"安德烈，安德烈……"

我们在电脑前，我试着要他打字。我们没有说话，静悄悄的。他没有动静。我回想起每一次协助安德烈书写时的情况以及每个细节，也许是我自己坐错了位置。我问他："你不想跟爸爸说话吗？"

他看着我，不发一语。

6 性感的意大利人

今天早上才骑了几公里,就遇上一个状况。路边有一大群哈雷骑士护卫着一个躺在地上的女孩。我们在十几米外,因围观的人比较多而停下来,然后慢慢接近……的确,观看他人的不幸是种强而有力的驱魔式,凡人难以抗拒。那个女孩受伤了,但意识仍清楚,我们还没来得及问发生什么事,救护车已经抵达。安德烈抓着我的肩膀,在那个女孩被抬上担架前,跳下摩托车,用手上的魔术棒向那个女孩全身比划着。

哈雷骑士们在那儿谈论着,人群恢复了平静,逐渐散开。但是我却约有一个小时的时间无法再骑摩托车。我的心里有个不好的念头,要是我心肌梗死或发生意外死在路上的话,安德烈该怎么办?朋友们在出发前的质疑涌上心头:要是你出意外呢?这种偶发性是必要的考虑。这让我知道自己必须刀枪不入,或是虽然脆弱,但必须有能力在危险突发前,将安德烈送到安全的地方。

我绕了哈雷摩托车一圈,将它罩上一层保护网:千万不要出故障,别害我走路,别让我们撞上任何东西!

看我忧心忡忡的,安德烈举起他的魔术棒在我的手臂和肩上挥舞,像个旅行的小精灵一样,让我咧嘴微笑。我深深地吸了一口气,呼出一点忧虑……那个魔术棒的法力真是神奇！

我们在一阵轻盈的微雨中再度上路。有如优秀的航天员般，我们身穿连身摩托车服。我检查安德烈，看他是否都穿戴好。正确无误！我们旅行时习惯穿戴完整的防护服，但由于太阳迎面照射，全身像是在蒸笼里蒸，所以得脱掉摩托车服，以免像篮子里的蔬菜。经过几个小时的路程后，我们全都焖成了苍白的冰岛公主。

我们全身发出被太阳烧烤的味道，一路来到一个叫哈得森的沿海渔村。精神涣散又疲倦的我们在汽车旅馆前方的海滩走着，两个看起来有点像喝醉酒的美国女人朝我们走来：

"你们是意大利人吗？"

"对，意大利人。"

我注意到她们很欣赏安德烈。安德烈是个好看的男孩，宽阔的肩膀，结实的肌肉，身高180厘米，精力充沛，从不知疲倦。他从不运动，但通过他那踮脚走路的方式，即身体不动，背脊打直，臀部持续绷紧，腹部平坦，脖子也自然地抬起，好像也天天在锻炼一样。

两个美国女人打开她们的手提冰桶，请我们喝饮料，里面满满都是啤酒和水果酒。一阵大笑后，她们跨越了界限，对我们说："我们喜欢跟意大利人上床。"

她俩盯着我们，像两只蜜蜂盯着栉瓜花的雄蕊。这两个人真是怪异，一个应该有50岁，穿着高雅飘逸，像个时尚女郎，不时调整坐姿和手势，显示出精神上的轻浮，她可能是个织品设计师或是侦探小说作家；另一个比较年轻且精力充沛，眼光具有穿透力，机警还带点狡猾，可能是前者的助理。

"安德烈过来，这是撤退指令：快逃！"

她们追了过来。"安德烈，我可要提醒你，不要和敌人称兄道弟。"他其实还是很想跟敌人打招呼的。对于性的狙击手，我们千万不能向她们挥手致意，以免一个举手动作被当作是邀请。我对他说："伙伴，快逃！要是她们攻破防守线，我们就会被俘虏。"

安德烈跑在我前面，然后又转头笑。那两个人也神采奕奕地加快脚

6 性感的意大利人

步,使劲地追。整个场景有如一场延续上百米远的舞蹈剧,但最后我终于把安德烈送到安全的地方,回到了我们住的旅馆里。

我们才不是那种狩猎女人的人,晚上10点我们便上床了。明天的路程会更累,要骑八到九个小时,目标是新奥尔良。

我无法入睡,回想起路上看见的车祸,我起床想着:要是我病了,那条看不见的松紧带消失⋯⋯不要想了!我拿出两张纸,用奇异笔写下紧急联络人的电话号码,并在上面画线注明:"如遇紧急状况。"接着把纸条塞进旅行箱里万一发生事情时大家比较容易找到的地方。好心朋友的名字和三组电话号码,这就是我们所有的安全措施。这样就够了吗?还是说,这只是一道护身符?

连安德烈也睡不着,我想要让他了解我的心境。我们起身,我叫他坐在桌前,想要叫他写字。我回想着应该做怎么样的特定姿势,好让安德烈认得我,还得想象妈妈,像她那样呼吸,可是应该怎么样做呢?

> 我们在往坦帕的路上看到车祸时,我心里想到一些不好的状况,你当时在想什么?

安德烈静静地盯着屏幕。就这样过了很长一段时间,他才站起来走开,躺在床上,把身体转到一边。好吧!我只好去找那些我带来的他写过的文字片段:

父:如果我发生了什么事,留下你一个人在美国,你会怕吗?
子:不怕我和爸爸在一起不会有事。
父:可是万一我们走散了,你怎么办?
子:我变成美国人,安德烈会认路。
父:没错。我知道,可是如果发生意外,我死掉了,你一个人要怎么办?
子:我等妈妈。

如果我拥抱你，请不要害怕

    父：不过要是很远很远……
    子：爸爸我等好心的路人。
    父：总之，你会安安静静的，不会担心……
    子：请不要问假的问题，谢谢。
    父：所以你不想谈没有发生的事情，是这样吗？
    子：没错。

熄灯睡觉。

7 西班牙对抗荷兰

我们有一天和朋友们一起吃晚餐,那晚气氛真是愉快。安德烈吃罢起身,在房里转来转去,多次进出餐厅,听我们说话。我们的谈话应该有特别的东西引起了他的好奇心,他连在走廊间也在听。我们只是简单地聊些工作上的小插曲,没什么特别的,每个人说说生活中的困惑,嘲弄一下某些事件,这是纾解困难的方法……然后我们哄堂大笑。安德烈站在门边,他当时已经记住大家的名字,他说:"露西娅笑了,安娜没有笑。"他从大笑声中分辨出不同之处。我们很热烈地跟他说安娜笑了,所有人都看到了,因为那个笑话很有趣。安德烈很坚持:"安娜没有笑。"后来安娜承认她的笑不是真心的,因为当时她心里想着其他事。

我醒来,脑中满是这些画面,走道上传来一阵嘎吱声,安德烈迅速起身,穿着睡衣去开门。我伸展四肢,听着声音。有人在说话,我瞄了一眼。一个女人正在打扫房间,她向安德烈道谢,因为他把用过的毛巾叠好放进袋子里,又把小台车上的也摆好了。他摊开毛巾,抖一抖,折好,就连欧几里得也无法弄得那么整齐。

那个女人对我说:"他很棒耶!"她也许是波多黎各人。"这个年轻人真是全世界最好的矫正人员!先生,把他借给我吧!"

"不行,女士,没有他我怎么办?"

如果我拥抱你，请不要害怕

接着我对安德烈说："喂，回来！"

在家时，我总会在睡前挪动一些物品，例如窗帘、我的写字桌椅、洗手槽上的水龙头、马桶盖等，而这些东西通常都是以安德烈的方式来整理的。所以早上起来时我才会知道，如果一切都保持我挪动过的样子，表示安德烈是一觉到天亮；相反，如果一切都摆得整整齐齐，就表示他在整个房子四处游走，不知道到底有没有睡觉。

我们来到一个满是腊肠、培根、煎蛋和咖啡气味的餐厅，准备迎接另一个美国的早晨。今天是在美国的第六天，几乎是一星期！如果联邦调查局探员在明天或下星期以前还不来抓我们，他们就再也找不到我们了，只好自认倒霉。也许直到发现小橱柜的美丽边饰是用浴室里那支被挤在漱口杯里的牙膏涂成的，他们才会再想起我们。不过，涂色也是安德烈的一项强大的动力，有一次他写道："色彩是我无法说出的语言和情绪。"在家时，他常混合多种色彩涂画，总是让我惊讶不已。

安德烈拿起腊肠，以一种检验着放射性物质的表情看着，但最后还是大口地把它吃了下去。大家都吃得津津有味，又胖又壮的男人也拿着如铲子般的汤匙，像油罐车般地狼吞虎咽下培根和鸡蛋。咖啡像河流，说实话，那其实只是一种黑黑的热水，让人喝起来毫无兴致。无疑，这是个没有浓郁香味的启程[15]，在这个国家里，人们对能量的需求多过于味觉。

跨上摩托车的时候，我告诉安德烈，今天路程会很颠簸："要把屁股粘好哦！"他就用魔术棒在哈雷摩托车周围施下咒语。很好！我们已经受保护了。

我们轻松地滑行，进入车流中，两旁是飞驰的巨大卡车，掀起阵阵气流。我们在一个休息站停下来加油时，看见在加油站前正在疯狂地大堵车，只因一辆破旧的旅行车想尽办法，为了找一个就近的停车位。开

---

15. 通常意大利人在一天早晨吃下简单的早餐后，往往配上一杯香味浓郁的浓缩咖啡，才会开始一天的作息。因此喝完没有香味、只如黑色液体的美式咖啡后开始的一天，正如一个没有浓郁香味的启程。

车的男人显得非常焦躁，我看他下车检查，跑到柜台询问，走出后，用手指在仅剩的十一二根发丝中耙梳着。他看到我，凭直觉认定我是欧洲人，开口就用西班牙语对我说：

"先生，没有电视……这是美国啊！他们竟然没有电视！"

因为没有办法亲眼看到世界杯足球赛的决赛，他显得很绝望，抱怨不已。他动作很夸张，人却颇亲切，但留在车上的两个小女儿和妻子，就显得没那么好相处了，因为后座已经怨声四起。他摊摊手，无奈地摇摇头，然后想起我，便对着我发飙。

"先生，国家在生死存亡之际，而我却只能面对这种棘手的问题。你，也喜欢足球吧？"

"还算喜欢。"

"是礼貌上的'还算喜欢'，还是真正的'还算喜欢'？"

我不知道他到底想干什么，在他后面的老婆显得火气很大，我心中突然产生了一股男性的革命情谊。

"不，如果比赛精彩我就会喜欢……"

"现在是西班牙对荷兰。"他对我耳语，以免被后面的家人听见，"我叫哈维尔，听着，我们拿枪去绑一台电视，然后谁也不管，尽情地好好看场比赛，你看怎么样？"

我犹豫着："我没有枪，你呢？"

"我车里有个铃鼓。"

"应该用得上。"

"你……该不会是荷兰队的球迷吧？"

"不知道。"我说，"谁踢得好，我就替谁加油。"

"那就西班牙啦！"

于是我们决定由我骑摩托车先走，只要途中一遇到开着的电视机，便打电话给他。

"安德烈，走！我们去拯救西班牙。"我说。我们还挺幸运的，过了20多分钟我们来到一个超级休息站，那里有汽车旅馆，也有电视机。

"哈维尔，任务完成！"

如果我拥抱你，请不要害怕

休息站的负责人遇上我们俩——一个疯狂的西班牙人和他偶遇的帮手，我们告诉他想要把电视频道转到转播球赛的频道——只好耸耸肩。屏幕上是购物频道，我们一直烦他，直到他投降，放弃电视为止。西班牙人跑回旅行车，拿来一面两米长的国旗，并把旗子裹在身上。就这样，在这些对足球最无感的美国人里，我们两个仅有的欧洲人关注起这场足球对抗赛。

与此同时，安德烈和哈维尔的妻小也组成了一个令人意想不到的联盟。他们拒绝安安静静地待着，哈维尔的老婆带着两个女儿在休息站的小中庭巡视着，安德烈则是跑到外面，坐在烈日下晒太阳。我跑去看他，他很安静，不过太阳实在很炽热，导致球赛进行的大部分时间里，我都这样担心地跑进跑出。怀着同样对足球的厌恶，我相信哈维尔的老婆和两个女儿应该试着跟安德烈沟通过，但事实上并没有。他们无视他的存在，甚至小女儿还不断嘲弄安德烈，安德烈则是汗流如注。这场比赛最后踢了加时赛，但我觉得没时间了，于是抛下哈维尔和西班牙，让命运来决定他们的未来。

那地方蛮凉爽，让人觉得很舒适。我很想看比赛结果，但是当安德烈已经决定要去其他地方时，是很难说服他留下来的。一旦他打定主意，就像又大又牢固的钢钉般难以撼动。大海就是其中一例，他一看见海便想跳进去玩，直到玩累为止。

佛罗里达有一大半的海滩都是私人的，想要去海里玩，得先是其中某家旅馆的顾客才行。"我们得假装成顾客。"我告诉安德烈，于是我们停好摩托车，剥掉上衣，吹着口哨，轻松地走向海滩。

"安德烈，放轻松点，不要跟袋鼠一样跳来跳去！"他听了我的话，改用他最优美的姿态，脚尖自然踮起，头抬高，手悬空，静静且微微地笑着。

我们被海滩上的沙弄得像两块煎肉片，走进餐厅时，我们身上乱七八糟，全身带着海水的结晶，头发缠着海草，餐厅里的顾客和服务员看着我们，仿佛看到两个海盗。

晚餐后，在选择住宿前，我们悠哉地通过汽车旅馆招牌的巡礼，每个都很明亮，很吸引人。我们在车上询问住房信息："嘿，有双人房吗？""我和后面这个同伴要住的，有吗？"

我决定今晚让安德烈来付钱，我悄悄地把信用卡塞给他，跟他耳语："等那位先生要我们付账时，就把卡交给他。"

那个人倾身探向我们，我们带点自负地骑在摩托车上，但安德烈却抓着信用卡不放，那个人露出怀疑的表情。

"安德烈，我们要付钱啊，不能白住！"

安德烈跳下摩托车，闪过柜台服务员的眼光，手上握着信用卡，愤怒地走开了。

他真是个天生的贵族。

如果我拥抱你，请不要害怕

8 一次出击穿越四个州

佛罗里达已经在我们身后。汽车牌照上出现了"情归亚拉巴马"[16]的字样，我们也愉悦地超越它。州长鲍勃·赖利通过州界上的招牌，不断提醒我们，他才是这里的大家长。沿途是大大的房舍，一片安静又昏昏欲睡的乡村景象。我们停在一片开满花朵的广阔田野边上，那其实是个墓园。每座墓冢有如根般插在土壤里，上面开了一丛色彩缤纷的花束。地面上还竖着一些风车螺旋桨，每有微风吹起它们便转动起来，像是种信息，在提醒生者：存在，就像一阵流逝的空气。我们下车，穿越草原，感觉到用这样的方式来描绘往生者，真是一种充满智慧和欢悦的方式。

"安德烈，你看！在这下面都是已经死掉的人。"我说。

"死掉的人，爸爸。"

"人的生命就是这样。"我补充道，并确信他懂。

安德烈什么也没说，他脱下鞋子，踮起脚尖，张开手臂，像蝴蝶一

---

16. Sweet Home Alabama，美国东南部亚拉巴马州州长鲍勃·赖利所颁布，于2009年1月2日开始使用新的汽车牌照。新牌照设计以亚拉巴马州南部墨西哥湾附近的海岸风景为图案主体，标有"情归亚拉巴马"的字样，取代自2002年开始使用的牌照。"情归亚拉巴马"也是该州对外观光宣传的口号。

样绕着飞舞,他的微笑像是远方的星星为我们敞开的一扇窗户。

继续上路时,我们也许太过专心,没注意到一辆车和一个女人从身后冒出,并示意我们停车。抢劫吗?不,她把警示灯放在车顶上,一路向我们靠近。从车上下来一个便衣女警,态度强硬得像大理石,有着如非洲鬣狗般的凶狠眼睛,在质问安德烈时——尤其当安德烈不理她,也没有立刻安静下来时——显出恼怒的表情。安德烈甚至绕着警车转,好像从来没有见过这种车一样,还伸手去摸了摸。那个女警抓住安德烈一只手臂要他注意,并说:"笑什么!有什么好笑的?"但安德烈没有说话,只是笑着。这个警察的脑袋像是突然开窍般,发现这个满头鬈发的男孩不像是混帮派的青少年,如果是帮派成员,应该也是在密西西比其他小到没人知道的地方出没。这样一想,她就冷静下来,放了他。

眼前出现用法语了写着"欢迎莅临路易斯安那"的欢迎招牌,蓝色的背景衬着百合纹样,让我感到振奋。许多传奇故事像磁场一样包围住这些城市,而新奥尔良的磁场力度最强烈,我非常期待这个水与音乐的城市会是适合安德烈的理想所在。

"安德烈,这里什么都会发出声音,连人行道也是。我还听说这里有个乐团,可以用比萨的纸盒奏出蓝调呢!"

安德烈点点头,我们立刻拉高声调,边唱着歌边骑摩托车进城。在朋友给我们的许多信息便利贴里,我找到那家位于波旁街的旅馆。我们的房间有个以铁栏杆装饰的华丽露台,爵士与蓝调的旋律像蒸汽般地从街上袅袅上升,包围着我们,感觉像是走进了声音的迷宫里。我们给每一个眼前所见的乐器——吉他、鼓、手风琴、萨克斯,还有歌手的呼喊拍照摄影。安德烈非常喜欢,他不断地亲吻我,看起来一切都很好。

安德烈走在我前面几步远,我观察着他身旁的人的反应。同龄的女孩们转头注视他,彼此触肘赞叹:"好帅!""有没有看到那个?"安德烈从不长时间盯着人看,他总是匆匆偷瞄一眼,也许是这种频繁性,引起了更多人的好奇。

不过,他们后来发现他举止异常——会摩擦双手,从座位上跳起来,快速地前后奔跑,像用某种隐形的墨水般左右来回、跟跟跄跄地画着地图。在他经过时,我听见一些压低声音的批评:"他精神有问题""你看他在做什么!""他是疯子。"没错,他异于常人,但他不是外星人,他只是来自另一个地方,那里以不同的密码、不同的信号来沟通,还有着不同的美感,而他则依自己喜好的时机与方式,将之传送到这个世界。

  我还不清楚安德烈与音乐之间确切的关系。他听各式各样的音乐,在家里,他的ipod随时开着,有时候声音开得太大让他受不了,有时候他似乎又不在乎声音的极度响亮,也许他只是单纯地喜欢沉浸在声音里。我们开车时,收音机总是要开着,一回到家中,电视机便要开启——即使只是像嗡嗡作响的背景声音。他会在一段长时间里固定选择同一个频道,喜爱一种固定的主题,一种确切的响亮声波,一种他想要时不时能重复听到的声音。像是迷雾中的灯塔一样,以一种声音、一阵大笑、一些清楚示意或朦胧的音符将他引导到这里,到我们之间。

9 新奥尔良

我们在临行前检查了松紧带,我的是牢固的。
"松紧带呢?"
安德烈小心翼翼地检查肚子上那条隐形的绳子。
"你弄丢了吗?"
"没有。"
"你检查松紧带了吗?"
"松紧带好好。"
经过一个星期,我已经想不起来我们还有哪条手帕是干净的,现在要优先处理的就是找到一家洗衣店,不然会产生危险——我们会习惯那些被汗水滚煮,外加千百种美国气味调味过的衣服。在一家很大的洗衣店里,几个上了年纪的人在那里下棋,打发等待洗衣服的时间。角落里有个老太太念叨着,她手里拿着一张照片,要大家观看。安德烈平常只对洗衣机小圆窗里翻滚的泡沫水感兴趣,今天却很注意老太太手中的照片,他缓缓地点头,像是认同某些事。他安静又专心地帮我把干衣槽的衣服拿出来,跟着我回到房间后把洗好的衣服放下,再换上干净的衣服。我们出去散步,换上由洗衣精"赐福"过的干净衣物,整个人都容光焕发,感觉超好。一辆扬着西班牙国旗的旧旅行车呼啸而过,八成是那个由一个世界冠军加上三张大臭脸组成的马德里家庭。

安德烈拿到几张不知道是何种夜间表演的入场券，只要有人拿东西给他，他向来来者不拒。他手里拿了满满的传单，只要一抓紧，就会滑掉一些，他不管走动、跳跃，甚至进出任何地方都必须非常小心。我们在法国区的街道里，在人群中玩耍追逐，假扮成面孔狰狞的杀手，或发出鲨鱼的低吼声。看，他现在还做出飞翔的姿势。这里的房子不高，非常像欧洲，到处挂满旗帜，里面还有那面象征和平的彩虹旗[17]。

在这个像中世纪市集的地方，安德烈飞快地跑着，像是要吞掉整个新奥尔良似的，我不得不好好盯着他。他在那些吹着小喇叭的小娃娃和胡子及地的七八十岁的老爷爷之间奔驰，不仅差点撞倒路边蹒跚乞讨的老太太，还与那些骑在马背上却心不在焉地想下班回家的警察擦身而过。他在一个体积庞大的女人面前停了下来，那个女人正吃力地向前小跑，一个像拳击手的男人在她身旁，鼓励她，喊着上帝会帮助她，要她一刻也不要放弃跑步，而他们身后则有一条小小的队伍尾随着。她完全无法控制那种以极慢的速度前进的力量，几乎是拖曳，却是很坚决，使她不愿、也无法停止。她呼吸，擦干那些冲刷着她却也几乎要融化她的汗水。那个男人大概是为她清除路上所有障碍，以及呼求上帝吧！他那洪亮的呼求声有如一个喷发烟雾的火炉。"喔！上帝与她同在，确确实实地与这个女人同行……啊，你是幸运宝贝……""……你不是独自一人行走，你有最好的伙伴，你的伙伴很特别，他将会改变你的生命！"

那个男人呼喊着，而我和安德烈高高地竖起大拇指，让他能感受到这一切辛苦的额外报偿。我们像是被催眠一样，跟着他们走了一会儿，那个场景有如前几世纪的赎罪苦行，风格却又如此美式。我们的眼角余光瞥见一个男人的身影，高而佝偻，肩上扛着一副两米长的十字——不

---

[17]. 由六种颜色的条纹依序组成，与同性恋运动的彩虹旗不同。在意大利，这面象征和平的彩虹旗，其颜色由上而下依序是紫、蓝、绿、黄、橙和红，中央有白色的"PEACE"字样。同性恋运动的旗帜则相反，也没有文字。此彩虹旗经2002年意大利社会一项抗议耗时已久的伊拉克战争的运动（民众在自家阳台挂上彩虹旗，象征和平，反对战争）后，成为一个约定俗成的和平象征，在当地许多抗争活动中持续出现。但新奥尔良波旁街上四处可见的彩虹旗，实为同性恋运动象征的彩虹旗。

9 新奥尔良

过,这样也太做作了吧!

我们有点晕头转向,却还是继续慢慢逛,直到床铺大声地"呼喊"我们。安德烈一下子就睡着了,我走到露台上透透气,回想这座城市,以及那些各有特色的人们。我回到房里,看着我的孩子,他睡得如此安详,我愿意牺牲一切,只要能让我了解是哪些思想塑造了他的脑袋……

两岁半前,安德烈一切都相当正常。他会在电话里回应爷爷,我开车载他的时候,他会唱《在古老的农场里》[18],还会笑着重复唱每一种动物的段落。我们一起玩他的蓝色毛虫大布偶,他总是玩得像疯了一样开心,连我也玩得很开心。

然后,事情有了变化。那个爱笑、开始说话、正在成长的孩子,慢慢变得安静、内向。他会把东西全扔进家附近的河里,包括:包包、毛衣、鞋子、文件夹、照片……他开始做有些重复而无目的的动作,看我们时,视线也不会专注在眼睛,而这又是另一回事。因为这种行为,我们一开始拍了他很多次脸颊。

我了解医学还无法得知自闭症的成因,大都说是多重因素造成的。生命本身就是由多重因子构成的,自闭症的成因也不例外。

"不会是疫苗的关系吧?"我们是在注射三合一疫苗之后的几个月,便注意到他出现异常,我把这件事告诉了巴纳尔医师。

"你认为是因为接种疫苗的关系?"

"嗯。我错了吗?"

"有可能是遗传因素。"

"那我该怎么做?"

一头栗色头发的巴纳尔,在医师袍下身穿深棕色衬衫,胡子苍白稀疏,他手里拿着一个塑料盒子,看了天花板一眼后,对我说:"你会习惯的。"

当然!可是,安德烈的生活从此将掉入一个只能从表面轻轻擦过的世界。在那样的世界里,无法和他人交谈,只能独自一人艰难地作抉

---

18. 即美国知名儿歌《Old MacDonald Had a Farm》,意大利文版本称为《Nella vecchia fattoria》,台湾则为《王老先生有块地》。

择，没有人际关系，没有工作，也不会有女朋友。我想起某个儿童医院墙上的一首诗，最后那一小节写着：

  好！病魔，今天晚上你让我受苦。如果你要的话，还有明天，后天，一个月，一整年。

你会很开心，可是要永远这样，永远……我不要！
去他的！
新奥尔良，奇怪的蓝调音乐效应。

10 迷失在路易斯安那

我们离开了波旁街上让我们相当愉快的旅馆，在那里，所有需要都得到了满足。

骑上摩托车时，我发现安德烈两手空空，他那根魔术棒不见了。

"你的魔术棒呢？"我问。他慢慢地看着双手说："在这里。"

我看了一下，没有。他应该留在房间里了。

"你觉得，新奥尔良会需要用到你的魔术棒吗？"

"会！"

我们在大家开始吃早餐、喝咖啡前已经穿越了这座城市，前面的路程很长。从今天开始，路途会很辛苦，路易斯安那和得州让我们先体验了那种感觉。

夜晚，清洗街道的大卡车在污水道中拖曳着，发出惊人的嘈杂声和噪音，同时一阵阵小小的水流泛滥。这座城市正准备迎接另一回合的生活。

我们舍弃了大马路，把那些路线留给道路测量员，选择走小乡镇的道路。小乡镇有着连续的小房舍，车也少了。

这样的美国稀释你、放空你。有这么多的空间，哪还需要登上月球漫步？没错！但也因为拥有很多空间，会让人发现自己有了许多时间。我们没有把那些时间花在那辆哈雷上，却将它简化成只有水箱、加速器，当然，加上坐垫。这并非对它缺乏关心，我知道应该要注意它，考虑给它支持，想象它需要怎么样的保养，但我却一直坐在原地想着，迟早……

有个餐厅的招牌以大大的字写着"鳄鱼"。我跟我的伙伴说："你想吃鳄鱼吗？"他只是趴在我肩上，我可以感觉到他"又回到这个世界上"的表情，应该是惊讶地发现这个世界很奇怪。餐厅里有空位，里面挤满了饥饿的卡车司机，安德烈吃一般的肉类，而我选择与鳄鱼对抗。鳄鱼肉吃起来也没有什么特别，无法吃出深水水藻或土霉味，也没有莓果和水煮羊肉的味道，可能还比较像鲔鱼肉。

餐厅渐渐空了下来，只剩下我们和两个年轻人，其中一位胖胖的，另一位则是下巴尖上刚刚好只留一撮胡子，不晓得会不会是连环杀手或是捕鲶鱼的渔夫。安德烈还想再吃点东西。

"你想要什么？"

"吃东西。"

"好，你要炸薯条吗？"

"……炸条。"

"好好地说：炸薯条。"

"好。"

"炸薯条，你要炸薯条。"我拿起番茄酱，"你要加番茄酱吗？"

"发茄架。"

"安德烈，来，加油一下！你要把字说完整。"

他不该忘了他有声音，也不该忘记这些字，只要再要求他一下，他就会想起。服务员正看着我们。

"你也要甜甜圈吗？"

"……甜缺。"

"来！甜甜……"

"甜甜圈圈。"

这时一个服务员走过来，然后另一个也过来了，他们露出担忧的表

10 迷失在路易斯安那

情。我向他们解释，安德烈是个自闭症患者，我要他学会使用多一点词汇，这样可以当作他和其他人之间的救生圈，要不然他会习惯躲在自己那个愈来愈小的岛屿上。我不会放弃，就算惹人讨厌，我也不会放弃。

我们说话的时候，安德烈拿着番茄酱，站了起来，接着走到一张空桌前，把一整叠餐巾纸摊开，然后像安迪·沃霍尔一样，不过比他更有想象力——画了十几个几乎一模一样的符号。他很满意地欣赏了一阵子，并将他的大作放在一张干净的餐巾纸上，再画一张伟大的作品，又放上一张干净的餐巾纸，直到筑起一叠由番茄酱和餐巾纸做成的多层夹心塔，这个作品的最上层还特别加了装饰。服务员们都看呆了，大家全笑瘫在椅子上，好像是又过了无聊的一天。我们把整个现场清理干净，没有留下痕迹。其中一个服务员说，他们刚刚"压制"了一件伟大的作品，因为伟大的作品常会莫名其妙地被丢在垃圾桶里。

我们完全没有预期会经过一条长长的路，路两旁都是大树护卫着，感觉像是走进了欧洲的某些小巷里，树木夹道的底端有个非常美丽的湖。游泳啦！安德烈很兴奋，我则跑在他前面。

"快跳下去玩几下，我们就继续上路。"我对自己说，但要把安德烈拉走几乎是不可能的，而且水既温暖又清澈，真是舒服，于是我们便留在那里一直玩到晚上8点才离开。

"走吧！安德烈，天要黑了，我们得去找旅馆。"

"旅馆，爸爸。"

"上车抓好，要爬坡喽。"

我发现大灯不亮。

"安德烈，我们完全没有灯了。"

"没有灯。"他一点也不惊慌，除了没有再抓紧我，也没有不安。

没有月亮，四周很快就黑漆漆的，这样上路真是相当危险。在美国，天黑就是指黑压压的一片，没有什么"有多黑"。

最近的一个城镇在50公里外，有两条路可走。我们随便选择了其中一条，它引导着我们进入一片像墨汁般的黑暗中。

如果我拥抱你，请不要害怕

我尾随在几辆行进中的车后，试图跟随着他们的车灯，不过当他们发现后面跟着一辆神秘且大灯没开的摩托车时，很快就立刻驶离。我了解他们的立场，可是我们既不是流氓，也不是查逃税漏税的人——喂！亲爱的，我更不是你丈母娘，安德烈也不是你在外面偷生的小孩，跑来追着你要继承权！那些车要不是加速跑掉，就是突然刹车，想方设法摆脱我们的纠缠。

完全没车的时候，我就慢慢前进，"克服"几公里路。我完全失去了空间感，一阵严重的惊惶油然而生。"要冷静。"我慢慢回转，试图找到另一条路，并希望那条路上会多有点照明，或是能有个加油站。

就这样，我们终于发现了一个加油站。我找到一个愿意伴我们一程的驾驶员，跟他解释我的情况，他也一路领我们走了约30公里，直到找到一家汽车旅馆。我们有点精疲力竭，不过终于还是到了，虽然我们根本不知道自己来到的是路易斯安那的哪里。

好吧，这个问题明天再来研究。骑了12个小时的摩托车，让我们瘫倒在床上，没有半点气力，但安德烈竟然还不想睡。

"安德烈，睡觉啦，不要吗？"

"去走走。"

"什么走走？我们骑了这么多小时，轮胎爆了，油用光了，大灯也不亮，屁股痛死了，你还不够啊？"

"骑摩托车兜风，走走。"

我觉得不可能，而且他也不是那种能说出心里所想的人，于是我使出最后仅剩的力气，试着以书写的方式再问他，不过得先让我喘口气。

你坐在摩托车后座时都在想什么？

安德烈盯着屏幕，他像一个谜。我双手紧握，试图轻手轻脚地绕到他背后。他快速地看了我一眼，若有所思地微笑着，双手交叉。

10 迷失在路易斯安那

快啊！安德烈，快点！握拳，敲心脏,打字母……[19]

飞翔的鸟。

好感动,他跟我说话了。不,不是说话,是打字,他打给我了！信息传来,是给我的。

我想让自己保持冷静,但我没办法,这样的时候谁有办法冷静？我火速地打字：

父：大灯坏掉,在黑暗中旅行,你害不害怕？
子：不怕拜拜。

---

19. 安德烈打字的方式,见第1章。

11 在空无中

我们最后发现自己来到的是亚历山德里亚的某处。大灯的问题在哈雷摩托车专卖中心得到了解决,那里看起来像个大型游乐中心,到处都是灯光和色彩,而哈雷摩托车排列得像沉睡且安静的马队。我以为应该只需要一些简单、快速的维修,结果维修人员很慎重地告诉我们,大概要花上几个小时才能修好,于是我们只好到一家热食店打发时间,店内有两个得州哈雷骑士,他们全身刺青、一脸大胡子。安德烈开始"打探"四周。

"你们就是那种浑蛋观光客?"

"浑蛋观光客,浑蛋观光客!"安德烈用他罕有的美式腔调重复念着,蹦蹦跳跳,像只啄木鸟。他们俩了解到浑蛋观光客通常身手不会这么矫捷,所以也很乐意跟我们一起拍照。两个海盗胡子卷卷的、眼神锐利,其中一个瘦且高,身上穿了一件本来应该是白色的上衣。他们很开心,也讶异于我们旅行的方式。

"你们不是浑蛋,根本只是无知!"他们提醒我们多带几瓶水,途中还要不时往身上浇水,"气温在升高,如果你身体不能像沙虫[20]那样

---

20. 美国作家弗兰克·赫伯特原创的沙丘系列科幻小说中潜伏在沙底下的一种巨大怪虫,会不时出来吞吃掉沙丘上的一切,包括人类。

湿润，就不要骑摩托车横越得州！"他们一面惊叹，一面捧腹大笑说，"要像沙虫那样湿润，嘴巴在地底下时也张得大大的，在这种热天就会少受点苦。"然后他们再也忍不住，哈哈大笑起来，笑到合不拢嘴。安德烈也跟着他们笑了好一会儿，才开始看着他们，像是在旅途中短暂相遇的好伙伴。

"你们会去韦科吗？不要去韦科，那边的人疯疯的[21]。千万不要去韦科！"

"那我们应该去哪儿？"我问。

"你们连个目标都没有吗？"

"完全没有。"

"不要去达拉斯，也别去俄克拉荷马市，那里的人更疯。"他们说，"接着你们应该会往堪萨斯州的威奇托，那里的人就更别提了。"

"好。"我说，"那然后呢？"

"走阿马利罗到圣菲，让你们先在沙漠里烤一烤，再到丹佛凉快凉快。沙漠、伟大的灵魂、真正的疯……"他们又笑了，"你们读过《沙丘魔堡》[22]吗？"他俩转身问。

"我看过电影。"我说。

"别管电影，"他们问，"那你知道香料[23]是什么吧？就是沙丘里巨大沙虫需要吞吃的东西。"

"不，我不知道。"

"铀元素。"他们异口同声地说道。

"什么铀元素？"

---

21. 1993年春天，一个驻地在韦科的末世论宗教派别，因被检举拥有大量武力和疑有儿童妇女遭虐待及性侵，美国政府对其展开调查，因而爆发了一次为期51天的对峙。就在美国政府发动攻击前夕，疑因消息走漏，此教派首脑便下令不准任何教徒活着离开，遂引燃建筑，造成包括自己以及教徒共80多人丧命，称为韦科惨案。
22. 由弗兰克·赫伯特所著沙丘系列科幻小说，全系列共六册。
23. 《沙丘魔堡》中那个星球上的沙中含有一种稀有矿砂，叫"香料"，可以用来延长人类寿命及进行超空间跳跃，因此引起各方觊觎，但潜伏在沙底下的巨大沙虫会不时出来吞噬沙丘上的一切，让此星球充满诡谲的气氛。

如果我拥抱你,请不要害怕

"做原子弹用的。香料就是给曼哈顿计划[24]用来制作原子弹。"

你看,没错,沙漠,是个即兴幻想:那两个大海盗像是要分享黑暗秘密般地靠近我们,其中一个人拉住想要跑掉的安德烈,把他紧紧抓住。从他们那些大胡子里,开始透露了原子弹、辐射,这些让仙人掌异变,却没改变摩托车骑士,古老的铁轨路线、街道区段、矿场遗迹、建筑实验……沙漠有如人类雄心壮志的回收桶,这里有毫无用处的计划、战争的冷血自利,但同时又是一个可以蒸馏出人类的理想、幻觉和希望等精髓的机器。它是一个巨大的蒸汽机,也是世界上最大的吸水纸。

我被他们弄得晕头转向,于是问:"沙漠不就是什么都没有的空旷地方吗?"我记得我们称阿拉伯的沙漠为"空旷的四分之一"[25],这个名称总让我不安。

他们一直笑个不停:"你们就去,去看看宇宙是不是在那种空旷中产生的……"我们接受了他们的双重建议:用水淋湿T恤,摩托车上会像开了空调般,可以感觉有如在冰水喷洒下奔跑,然后直奔阿马利罗。这样一天就过了,我们一直在旅途中。加油站变成有人烟的孤岛,我们正向这些陆地靠近。

安德烈伸手摸了摸汽油,做了一个鬼脸,但一如往常,他总带着女性的斯文。我们补充了燃料,我给了安德烈一些冰淇淋,水则用来降温消暑。我们在路上玩着看谁先把水瓶倒光的游戏,开心得像两个小孩。

超过两个小时杳无人迹,没有小车,更没有大卡车,什么都没有。有的只是孤寂,全然的孤寂,像是外太空里的小点。我们忽然驶进了两列森林,空气变得寒凉刺骨。一整片辽阔的绿色毫无预警地出现,让我们像是越过另一个空间般——经过几个荒凉贫瘠的区域,接着是像加拿大般的北国景色。一段漫长又孤单、荒凉的路程后,得州突然出现了!

---

24. 1942年至1946年间的一项军事工程计划,由美国与英国、加拿大合作研究,其目的是制造原子弹。
25. 即阿拉伯半岛上的鲁卜哈利沙漠,"鲁卜哈利"即为四分之一之意。此沙漠面积占阿拉伯半岛约四分之一,是世界上最大的沙漠之一。

11 在空无中

阳光、色彩,以及许许多多的错觉,皆因光线强得总让人眼盲。远方出现了几个巨大的物体,有如史前的大鸟啄着地面,寻找土壤里的种子或岩石里的虫子。不过当我们走近一看,才知道那是钻取石油的机器。

"那是石油。"我指给安德烈看,"让摩托车发动的石油。"

"石油。"安德烈有点怀疑地重复。

"你知道石油是什么颜色?"

"石油漂亮。"

"不,我不认为。石油是黑色的。"他像被催眠了般地盯着钻探机看。

夕阳将我们留在丹顿,我们住进一家便宜的汽车旅馆,工作人员是东方人,无法与他们沟通。当我问起市区在哪儿,哪里有餐厅时,他们也无法回答,只是一再重复:"美元,现金。"

可能在餐厅吃了很多面包的关系,安德烈今天吃得不多,但我觉得他看起来还不错,没有其他状况,也没有出现拍打肚子或咬手臂这样棘手的情况。这几天我没注意他上厕所——嗯,如果不是暗中大便了,就是我真的不知道。

我对他说:"安德烈,我们是不是忘记要大便了?"

他撇撇嘴,没有看我。

"便便呢?"

"便便好好。"

"不要骗人……"

"不要担心。"总之,他身上一直是干干净净的,我们身上也不过沾黏了带有路上沙尘的汗水。土地干涸荒芜,声音寥寥,水源稀少。我从没想过会置身这样的场景,但事实上,这是我本来应该想到的。

12 纯粹的得州

从丹顿到阿马利罗是一整块大陆,道路的长度长过我和安德烈之间的松紧带。因为气温已经超过摄氏40度,所以我们不时往身上浇水。还好一大早太阳还在背后,阳光不仅没有造成干扰,反而还照亮了我们的路。

经过几个小时的炙热,我们停在一条铁锈色的河岸边,那河水看起来像土地液化的溶液。

安德烈看得入迷,无论如何都想要下水里去泡一下。水呀,被诅咒与被赞美的水,总是像磁铁一样吸引着他。

我想起好几次安德烈像幻影般地从家里消失无踪,大家有好几次突然间找不到他了。忧心忡忡的我东奔西跑,跑遍整个市区,打电话,惊动了大半个世界的人,想遍每个对他来说可能很特别的地方,但焦虑笼罩……当时我打电话给宪警和所有治安单位,如果当时没有想到要去河边找他,我甚至可能会打电话给军队。他就这样消失过三次,我们三次都在水边找到了他,而他则是静止不动地坐在那里,双手抱着头。

我研究过水的特性,它有三种形态,分别是固态、液态和气态。我想,安德烈至少有四种形态:失神、几乎回神、焦躁、封闭。这些状态是种警示,放置在那片容易松动,却是他内心的土地边缘。我

12 纯粹的得州

想,此刻他应该感觉自己是水,会感觉到水中飘浮的海草、波流和海洋,好像他就是水。

"安德烈,安德烈,你在做什么?"我帮他卷起长裤,看着他往前走几米,进入河里。他从河底上来时,手里抓了一把红色的泥巴,接着放到河岸边,并在地上画起格子来。

还要再骑上几个小时才能到达阿马利罗。我在卫星导航仪上首度发现可以查询到住宿供餐的民宿。我们选择了最近的一家,离我们的所在地还有一公里。这家民宿是所很大的美式房舍,有面向街道的大窗户,还有一块柔软舒服的草坪,让人忍不住想打赤脚在上面走走看。我们用手指梳理好头发,然后满怀希望地按了门铃。

主人出现了!看起来像退休的会计或是出纳员。他们带我们到一间明亮的前厅里,小心地打量我们,语调非常客气,但眼神警戒。他们谨慎地评估着,是否要让两个满身尘土,从外表看来完全不像是从事数学相关专业的旅行者,住进打理得这么整洁的房子里,我听到他们在商讨这件事的优缺点。

男主人拄着拐杖,手摸了摸帽子,好像随时都会向我们行骑士放行的脱帽礼,但态度却很坚决。女主人则注意到安德烈正看着她的小摆饰,还看得有点太热切。安德烈的眼睛大睁,才一走近便开始伸手触摸东西,而她则像机关枪扫射般地抛出一堆禁止令:这边的东西不能碰,你们不能去那边,只能用这间浴室……我可以想象她整晚一定会竖着耳朵,仔细听她那些宝贝摔落地面的哀号。我想,我们会把他们折腾死。

过了几分钟,她发现安德烈向她打招呼的方式——重复地说着"你好,美丽的女士"——虽然很怪异,却打动了她。她的态度立刻软化,对我们表示信任,并邀请我们进入她的厨房,那里也是我们吃早餐的地方。安德烈还趁机倒光了她的瓶装洗碗精,她则是震惊地看着,安德烈却咧嘴而笑,倒光更多瓶子。他一直在清空瓶装水,还为了看见空瓶而连续喝掉三公升的水,同样的命运也落到装着香水、洗发精、乳液、牙膏等瓶子上。

53

如果我拥抱你，请不要害怕

那位女士因此又犹豫起来，她丈夫则是有点生气。他气得冒烟，摘下帽子，拄着拐杖敲打地面。太完美了！安德烈最爱生气的人了，对他来说看到有人气得大叫是最棒的事。他开始笑，同时摩擦着双手。有一次笔谈时，他告诉我最喜欢的游戏就是和"那些生安德烈气的人玩"。

为了安抚丈夫的情绪，那位女士像要保护他一样地走近他。安德烈出发去探路，他先登上楼梯，男主人则是把帽子往地上一摔，跛着脚，扶着栏杆，千辛万苦地在后面跟着。我和那位女士为难地站在原地，我喃喃地说："不会有危险的。"

此时，这个房子的男主人和安德烈一同消失在楼上，有段时间我没有听见任何声息。然后出现了一阵激动的男声，一阵阵几乎是很开心的嘟哝声。我好像听到了"砰！砰！嘣嘣！叮叮啪砰！"的声音，我向那位女士做了一个手势，该上去看一看了。

男主人一只手抓着安德烈，他们俩站在一整片都是照片的墙面前，满墙都是烟花的照片。安德烈很喜欢烟花，他为那些黑暗天空里的火花着迷。男主人因为安德烈打从心底的惊讶而感到欣喜，开始对安德烈讲起他的故事。他出生在英国的哈德斯菲尔德，为了传授钛粉的使用准则而来到美国，钛粉能在空中绽放出银色，这让许多人惊讶不已。他修长的手指指着泛黄的照片上烟花的柠檬绿、耀眼红，声调提高，赞美着铜与钡盐以及喷发出黄色炫目光芒的钠盐，若再加上锶盐的红色，可以在夜空中划出橘色的花瓣，有如沼泽中开放的百合花。他忍不住夸耀自己能够制造蓝色的火花，以证明自己过去的专业。他放开安德烈的手，叹息着，同时几乎是爱抚地把墙上几张歪掉的相片扶正。

男主人现在很爱我们，还让我们坐上他停在门口的白色加长型礼车，说实话，那辆车有点破，但不管怎么样，它是一辆礼车。他以那辆礼车豪华的排场，载我们去大得州人牛排馆，而我们很开心受到这样的礼遇。那个地方棒极了，场地也很大，可以同时供一百多人就餐。我们进去的时候已经满是人，到处弥漫着蛋白质在铁板上烧烤的味道。中央有张桌子在进行吃肉排的比赛，如果你能吃掉店家所提供的一块两公斤重的大恐龙牛排，就不用付半毛钱。许多人见到那怎么看都像永远吃不

12 纯粹的得州

完的牛排，都露出哀伤、屈服的表情。

我们在一张桌前坐下点好食物，两个乐师向我们走来，一个拉小提琴，一个弹吉他，乐声温暖，歌声令人难忘，他们俩都上了年纪，也都相当优秀。在牛排慢慢且冒着热气上桌时，我们鼓掌，当人群开始疯狂跳着乡村舞步时，我们鼓掌鼓得更热烈了。牛仔女郎都相当漂亮，散发出热力，脸上挂着满满的笑意。

"安德烈，想跳舞吗？"

"不要不要。"他回答，他也很开心。

离开前，我们坐在一张巨大的木头椅子上，像两个等待着白雪公主来给我们晚安亲吻的小矮人。

13 今天是星期几?

发动摩托车准备离开的时候，民宿的男主人微笑着，特地为安德烈在空中放了烟火。"砰！砰！啪啪！"好响亮的烟火。圣菲看起来更近了。事实上，我们还是骑了好多公里的路。天气很热，我们口很渴，安德烈很焦躁。远处有东西在发亮，像一面巨大的镜子，不是绿洲，是一个湖。我们靠近时才发现，有好多人像蚂蚁一样沿着湖畔聚集，最后我们终于看清楚那个湖挤满了泡水的人和无畏的跳水者。实在忍不住了！我们以迅雷不及掩耳之势脱衣服，摩托车变得像帐篷，上面盖满了行李和衣服，接着我们向湖水冲去，安德烈几乎撞倒一小群女孩子。"喂！高个儿！"有个女孩大喊，责骂安德烈踩乱了她铺好的浴巾，"我就是说你呢！"安德烈偷看了她一眼，她的声音非常有决断性，让他停了一下。那个女孩一站起来，安德烈就像火箭一样冲向湖水。

"没礼貌！"

"冷静点，冷静……"我介入。

"连安安静静地过个周末都不行吗？"那个女孩抗议道。

"周末？今天是星期六？"

"哎，你们从哪儿来？中国吗？"

我把安德烈叫来，他应该向对方道歉。他就像头野牛，虽然他也是

13 今天是星期几？

身不由己。我向大家介绍："姑娘们，安德烈向大家道歉。尤其今天是星期六，我们都以为是星期三或星期一……安德烈！今天是星期三还是星期一？"

"星期一。"

"她们说是星期六。"

"可能是。"

对我们来说，一周里的哪天是星期几早已失去意义。

恢复气力后，我们再度走上那条消失在荒芜空间中的蜿蜒道路。我们有好长一段路程都找不到任何可以吃的东西，只是在加油时吃了一些冰淇淋和爆米花。我们的路线看起来像是美洲狮、迷失的灵魂和失业工人才会走的路……

擦身掠过几处土层，有些看起来像是残留着一撮撮头发的头盖骨，我一手握着加速器，一手拨过空气，寻找一点冷空气的分子。当我说沙漠里空无一物时，那两个得州骑士很有理由可以骗我们，我们现在穿越的土地是艰困、不慷慨的，但一点也不空无。我们领悟到，空无只是人类在这里缺席，而我们在这个空间里，重新"装载"了一些意义和感觉。我指着天空问："那是什么颜色？"

"天蓝色。"

"那山呢？"

"深蓝色。"

在我看起来是灰绿色的，但安德烈看到的是什么呢？他的感官是不是也开进了次要的小道路，和他玩起了捉迷藏？我该如何用眼中这副对光的感知持续改变的滤镜去发觉呢？生活在这个持续不断翻搅着生命，让人对之不复辨识的涡流里，真是复杂而奇妙呀！我知道安德烈想要抓住某些召唤的渴望，人的生活是无法身在北极一天却感觉像身处非洲，第二天又在纳米比亚沙漠里感觉像爱斯基摩人般，无法一直这样。帮帮忙，安德烈，安德烈……

"那么沙子是什么颜色？"

"红棕色。"
"不是黄色的吗?"
"红棕色。"
"这整个风景是什么颜色?"
"美丽的颜色。"

我感觉安德烈又回到了这个世界,安静而强烈。我们再也不需要任何事物,我们被一种悸动包围着,语言只会将其减弱。我们感觉异常轻,放松再放松。安德烈把头靠在我肩上,好像想要听故事。

"有什么事想说吗?安德烈。"
"女生。"
"女生?"
"漂亮的女生。"
"你想要聊聊女生吗?"
"女生,爸爸。"

就这样,我跟他聊了性,就像提起在路上看到的事物一样——喔,安德烈你看,仙人掌,一个湖,一阵风。我跟他提到自慰,提到女性,提到爱情。我感觉到他的激动,那么接近。我不知道他的问题是什么,我只管说着。和孩子聊性总是比较困难,再加上他患有自闭症,我只希望我贴近了他的感觉。

安德烈抱着我,亲吻我的脸颊和肩膀,或许这是一种感谢方式,也或许是被这股流动、环抱着我们的自由所影响。我们张开手臂,在风中得到解放,接着再度上路。我们抵达圣菲,热气真是令人难以忍受,人们都避免行动。你会感觉到疲累、很细微的虚弱感,就像穿越了一整个龟裂的大地。眼看着安德烈喝光第一瓶水、第二瓶水,到第三瓶的时候,我从他手中抢下了水。"你在干吗?你看你,单峰骆驼啊!"

沙漠,单峰骆驼,自闭症。

14 新墨西哥

　　沙漠在我的思绪里进进出出，与自闭症的联想直接且立即。人际关系的枯竭，景象的单调，那种寂静很精简。生命胼手胝足地为自己开路，远离森林的扩散，渗入沙里，进入岩石的隙缝中，它不排斥拟态，适应极端环境，也接受断尾求生……但是，就连沙漠也不会是一个绝对孤寂的地方。倘若你住在那里，无论如何，每星期也需要贮藏物资、燃料，要打个电话，或与人聊聊……你会选择较好的朋友，以及态度比较好的加油站。或许自闭症这个沙漠一开始显得不友善、非常严厉，也太过坦率，正在穿越它的我也不知道自己是否贮存了足够的水，是否知道它的秘密，是否能了解它的精髓。

　　为了进入安德烈的沙漠，我多次试过模仿他的动作，例如，从座位上跳起来，以他的节奏用力摩擦双手，快速地从这一点到另一点来回奔跑，斜眼瞄人。我也试过激烈的情绪，但总会让我必须停下来，只因会飙泪到让我无法克制。我还试过踮脚走路，在咖啡店里踮着脚尖喝咖啡。这些看起来似乎是很奇怪的行为，是自负的身段，天知道从那样的高度看世界时会产生什么样的思想。但相反，其实平凡无奇，那样做很累人，也不可能持久，你的小腿没多久就会僵掉。我第一次尝试的时候，只撑了五分钟。

"你们千万不要去洛斯阿拉莫斯！"加油站的人在收银台前命令道。

"好吧，我知道。那边是第一颗原子弹的制造地。"

"所有观光客都知道这点，有些灾难一造成就无法收拾……那里是钚元素的囤积地。"

"好，我知道……"

于是我们避开了洛斯阿拉莫斯，作为妥协，选择了到新墨西哥这片"迷人之地"，往科罗拉多交界处只有150公里的地方进行短程远足。好一个迷人之地里的原子弹……

然后我们看到的是一种能抚慰人心的美丽的平原山丘，到处是农场，自由奔跑的马匹，让我们觉得自己仿佛是它们其中之一。在陶斯城里，我们被整个老西部的气氛包围，军服、低矮的木造房屋、印第安人、长枪与短枪……好像进入一部黑白影片中，不过假人模型太多了点，这里是边陲，民风粗犷，是隐藏在假人姿势中的美国。在基特·卡森[26]纪念馆里，我们穿起盗匪的服装，佩戴上许多枪支。我找安德烈单挑，火速抽出短枪，假装射击，但他无动于衷。

不过玩到第二次、第三次，甚至第四次时，他快如闪电地击倒我。他是我的比利小子[27]，从此再也不放弃，朝着世界，朝着天空、山峦、尘土开枪。

不过，我无法让安德烈穿回原来的衣服，于是他穿着神枪手的衣服在陶斯城里逛了一会儿。最后我采取强制行动，硬是让他脱下那身服装，却造成他很大的躁动。他很坚持地朝我伸出手臂，好让我咬。我强力制止他："出发的时候我们已经讲好了的！"他既不服气，也无法静下来。也许他饿了，我一面想一面把他拖到一个餐厅里。

安德烈真的非常焦躁，他一进餐厅就把空调关掉，依自己的喜好重新排列桌上的餐具。邻桌的人要是看了他一眼，露出"你们到底打哪儿冒出来的"的眼神，他就会用尽手段，把人家的桌面按照他的喜好重新

---

26. 美国军人与西部传奇人物，参与过美国与印第安、墨西哥战争与南北战争。
27. 美国西部传奇人物、著名枪手。

摆过。他只用了几秒钟便喝光了两瓶气泡矿泉水,还不断把手臂伸到我嘴边要我咬。我则是一再重复:"安德烈,这件事没得商量!"然后他就从座位上跳起来,上去下来、上去下来地重复着。

后来,安德烈的注意力移转到服务员身上。每一次她经过,安德烈就抓住她的手不放,以至于害羞又瘦弱的她,使出极大的力气要甩掉他,但他拉得更用力了。

"先生,您的儿子拉我的手。"她的声音小到像是在对你耳语一个家庭秘密一样。

"安德烈!把这位姑娘放开!"

"您不要骂他。如果不是因为我必须继续工作,是没关系的……"她用眼神询问我。

"安德烈!"他伸手摸了她的肚子一把。我真的控制不住他了,我们必须离开。

我们在外面看到一张椅子,我要他坐在我旁边。

"跟我解释一下,为什么老是要这样摸女孩的肚子?"

"我摸女朋友。"

"可是你连不认识的女生也摸……"

"漂亮的女生。"

"安德烈,每个人都有肚子,这个很好,没问题,可是大家也有自己看世界的方式,不一定喜欢你这个愣头愣脑的家伙这么靠近,你抱人抱得也太夸张,你害得那个可怜的女孩不知所措。他们会偷偷说:'你看,那个瘦高个儿会捏扁你的肚子,快逃快逃!'听懂没有?大家会被吓跑,就剩下你一个人,不准再这样抱人了!你想要自己一个人过吗?"

他看着我。

"安德烈!你想要自己一个人过吗?"

"自己一个人,爸爸。"

我们听到远处一阵隆隆的低鸣,暴风雨要来了。

15 女狼俱乐部

听见一阵朦胧交谈的声音，我睁开眼睛，看见安德烈坐在开着的电视机前面。"你不困吗？"他整个人被电视画面吸引住，没有回答我。画面上是一个酒吧，叫作女狼俱乐部（Coyote Ugly），是跳舞和玩乐的地方，背景正是丹佛。我试图抓他上厕所，但是完全没办法。他显得非常期待，往床上扑去。

"丹……"

那两个得州骑士推荐丹佛为"减压区"，至少就气温来说是如此。或许，来点凉爽空气有助于抚平我们的情绪。

"好，安德烈，穿过山区，丹佛就在那边，在转角后面。如果那家酒吧真的存在，我们就去瞧瞧。"

我们骑了500公里，中午过后便抵达丹佛。我们眼前出现的是一个宏伟、巨大的美国都会。多亏有卫星导航仪，我们在市中心找到一家旅馆。在旅馆前停好车时，天空开始落下像加州梅干那么大的雨滴，啪嗒啪嗒地落在还充满着热气的柏油路面上。"快，安德烈，动作快点，我看这片乌云不太好惹。"我们才刚来得及把外面的行李拿下来，丹佛就爆发了这场两三千年不遇的暴风雨。我们很有可能被暴风雨冲走，吹到安大略。我们被乌云重重包围，所以赶紧跑进旅馆里躲避暴雨，过了一个小时，我们才平静地继续上路。

我们整个早上都在毫不迟疑地沿着公路往前走，那场雨从一开始就在我们身后，在每个角落埋伏着，但我们都成功躲过了。我们看到闪电，听到雷声，但一直很远，远在磁场外。那场雨就像一个大花洒，从前方、左边、右边浇灌着花圃，我们总是选到没有雨的那条路，好像我们有云图，或是有谁在指引着我们走上好天气的路径。我们身后是整片一望无际、几近荒芜之地，边境上是寥寥无几的建筑和点缀着稀少植被的大片红土，只有一些古老的灌木丛机巧地攀附在所有能抓到的土地上。这样一小片绿色植被反而成为眼睛寻求歇息时所需的安定剂。在一个山丘上，我们看见路至少蜿蜒了10公里，壮观且稍呈波浪状，被一个巨大的山谷包围着，红红的山峰耸立在两侧。我停车，两脚踏地，安德烈还坐在座位上。我回首望着我们走过的路，我们越过海洋来到这里，和安德烈在一起让我走得更远。

"安德烈，我们从哪儿来到这里？"

"从下面那里，爸爸。"

安德烈正在生命的旅途中。我们一起报名参加了"从发现问题到解决问题"的跳远奥运赛，虽然没有得过任何奖牌，但至少我们没有被悲伤和失败打倒，也没有被困难的重量压垮。起来吧！就算这有可能看起来是个假象。

丹佛的林荫大道充满着生命活力，我们让这个强大的涡流牵着走，人潮牵引着我们，拍击着我们，一下这儿一下那儿，最后将我们沉淀在女狼俱乐部门前。

"安德烈，你看Coyote到了。"我指着，有点不太敢相信。

"对耶，爸爸Coyote好好。"他说，有如在说着小区楼下的商店般。我们赶紧往入口走去。我完全相信他会记得他在电视中看到的细节，尤其是那个闪亮的招牌。迎面来了一个身材魁梧的保安，他冷酷地挡住我们的去路。

如果我拥抱你，请不要害怕

"Coyote Ugly。"安德烈字正腔圆且坚定地读着，不过这不是进入这个通道的神奇通关密语。保安此时向前跨了一步，其力道大到把安德烈弹到了人行道上。当然，这个地方禁止未满20岁的青少年进入。安德烈也已经失去进去看的兴致，他开始缠着保安转，我抓住他的手说："安德烈，现在换成我对这里感到好奇了。我进去拍一些照片，你觉得怎么样？"

"照片，爸爸。"

我说："好，小朋友留在这里，我只进去看一下，看看是不是跟电视里一样，是不是全都符合。我们不要被骗，对不对，安德烈？"那个保安观察着在周围嗡嗡缠着他的安德烈，耸耸肩。突然间，安德烈抓住他，摸他的肌肉。那个男人爆出了一阵大笑，然后做出超人的姿势，对我说他会照顾小朋友，我们击掌达成协议。

我可以信赖他，他的块头大到可以挡住十列冲往大河村的猛犸列车[28]。我进入酒吧，这里是个摩登的美式沙龙，大家晚上会来这里听音乐、喝酒狂欢，这时已经挤满了人，美丽的女郎在长长的吧台那边，一杯杯地倒酒，让人随时可以端去喝。她们登上吧台，直接将龙舌兰酒从瓶里朝顾客嘴里倒。我喝光一杯双份威士忌，还很想再喝其他的，不过我想到那个保安先生，要是他的耐心墨盒用光了，安德烈可能会被他印成黑白的。

我很舍不得地看了看那些美丽的脸孔，不情愿地走出来，却看到我那快乐的旅伴正安安静静地搂着一个金发女郎。保安对我使了个眼色说："爱情。"我看得目瞪口呆，他们看起来像对情侣。我不由分说地质问保安："怎么样，现在是花花公子看上那个女孩，跟她说了甜言蜜语，两人就一起跳舞，然后他就亲吻她了。是不是这样？告诉我真相！"保安向我解释说，一切都从安德烈摸人家肚子开始，那个女孩为了回报他，便开始告诉他自己的身世。安德烈很感兴趣地听着，女孩流

---

28. 作者引用意大利著名的加达云霄游乐园里的游乐场景做比喻。大河村是园中一处美国西部场景的街道，有美国西部枪战演出。猛犸列车则为园中一处火车式云霄飞车，该区有一头巨大的长毛象的造景。

15 女狼俱乐部

了几滴眼泪，安德烈笑了，忽然他们就跳起舞，他又摸了她的肚子，她就吻了他。

"还真的亲下去啊！……安德烈，那个女孩叫什么名字？"

"漂亮的卡特琳。"

她来自内布拉斯加，像个公主般，优雅又诙谐地点了点头。

安德烈欣喜若狂，看得出他相当开心，正享受着这个神奇的时刻。

女孩告诉我，从来没有人像安德烈这样摸过她的肚子。他一开始是挤压，然后保持轻触，几乎是在倾听，那是一种奇特且愉悦的感官经历。

我们在城市里瞎晃，卡特琳牵着安德烈，安德烈拉着卡特琳。安德烈喝气泡水喝到醉，一直醉到深夜。

16 哈雷摩托车中心

晚间,许多信息涌进信箱。我们在美国已经两个星期,现在不会再有人认为我们会因为爆胎、热狗太细,或是可乐太甜而打道回府。

"地球呼叫太空……一切都好吗?"

"安德烈还在吗?还是你已经把他搞丢了?你还喜欢骑摩托车吗?那边的食物怎么样?天气呢?给你一个拥抱——你的冠军。"

"亲爱的,我认为你和安德烈的旅行是你这一生中做过的最美好的事。这是一个充满爱与勇气的举动,我想象你正经历着许多美好的时刻,它们都将有助于你克服所有困难。我用全世界的喜乐来祝福你。你太厉害了!给你一个拥抱。"

"你们到底走哪一条路线啊?是不是把行程拉长了?"

拉长行程,这让我想笑,又不是说我们定下了日期,有预计的里程数,或是有中途站必需验证的既定行程——就像前面那两个疯狂骑士那样,行程表满满,盖满边境验证章,摩托车小小的后照镜上签满了名字。不!我们不只如此,我们从一个建议中听取下一个建议,从一家女狼俱乐部发现另一家女狼俱乐部。

一如往常,我把那些信息念给安德烈听,接着便出发。可能走了好多路,摩托车发出怪声,大灯也开始闪烁不定,连刹车都不太尽责了。

16 哈雷摩托车中心

摩托车累到停不下来，只有前刹车还能用，后刹车感觉像是几乎不存在，这样无法骑上400公里路到大章克申。我无法想象要在这种情况下继续行程，必须找一家哈雷摩托车维修中心，再看之后该怎么办。车况看来挺麻烦，但在面对我们这辆哈雷的"病痛"时，那些技术人员一如既往地都非常温柔。当他们尽职修车时，我和安德烈就在大厅中，在其他展示着的摩托车前摆姿势玩耍。安德烈装出许多专业骑士的表情：惊讶、极度疲倦又无惧危险。再过两个小时，我们就可以拿回摩托车再出发。

我们快速骑上摩托车，飞驰了300米，感觉轻盈，视野无垠。突然刮起一阵风，一片乌云飘来，开始下起了几乎可达金氏世界纪录的冰雹。就像在一把发射冰块的机枪靶心下，连个也许可以躲在挤满老人和学生的公交车亭里这种想象中老天爷碰巧给的恩赐都没有。既然留在原地不动也不会改变什么，我们还是继续前进。我们以时速不到20公里前进，连路都辨识得很勉强，还有几度感到非常恐惧，行车变得很不安全，但安德烈倒是一点也不紧张。在阿斯彭附近感觉像是到了阿尔卑斯山，我还颇想看见路上一整列牛和会有个满脸红通通的牧牛人卖奶酪的地方。

我们全身都湿透了，寒冷迫使我们必须快速找到一些补给。我们看见一个休息站，就像往常看到的那些一样，不仅是汽车也是人的能量补充站。我们一边深深地道歉，一边闯进一家小超市，晾起了淋湿的衣服，用一大卷卫生纸擦干头发，然后坐在一个饮料箱上大口吃起每次都要吃的热狗。安德烈的手冻到连拿起三明治的力气都没有，但在体力补足后，他走到外面，又手舞足蹈地想要抱一个要去加油的人，这个人完全没有预期会遇到这种状况，他吓了一跳——喔，好，自闭症患者，没关系。我想象他可能心里会有想甩安德烈一巴掌的合理念头，如果可能，一部分的人真的会有这样的反应，另一部分的人则永远会是微笑地表示谅解。

很多人知道我跟安德烈一起时，会试图与我们进行交流，或是满足他们合理的好奇心，他们之中常常隐藏着一种珍贵的联系。好像我就是这两个世界的中介，我被认可的功能就是要尽我所能，偶然触动一些底层的共鸣。我们结识了各式各样的人，只因安德烈对任何人都一视同仁，高、矮、美、金发、黑发、瘦子、胖子、年轻、不年轻、男人、女人，对他来说都一样。

下午天气好转。空气在雨缝中穿梭，那些锈铁色的大岩石显得更美了。

最后终于到了大章克申，我们窝在路边一个极其普通的汽车旅馆里，但房间非常明亮、安静。我轻轻松松地把摩托车停在柜台前，登记证件，付钱。安德烈信心满满地要求拿钥匙，他的动作很顺，他现在已经知道要做哪些事了。

我们在旅馆附近的餐馆里吃了比萨，买了一些饮料放在纸袋里。我们昨天太大方了，在赌场输掉很多信心，今晚要收心、冷静下来。我试着要他书写，也知道对他来说这是件苦差事。我打出一个问题，然后走到后面，碰碰他的肩膀，他盯着电脑的屏幕。我想要他回答我，而且不是只以几个字，最坏的打算就是我抓他的手，轻轻地引导他到键盘上，就像妈妈在几年前所做的那样。他让我抓他的手，但是我仍无法叫他写字。我迷茫地看着我打出来的问题：

嗨！安德烈，今天在路上你有没有感到害怕？

17 惊奇

　　窗外下着雨。我站在房间的窗前往上看,试图盯住雨滴出现的某个点。雨滴从几百米的高处降下,寂静无声。时间还很早,但也只能等,因为雨迟早会停。安德烈躺在床上,一直揉着眼睛。他双眼通红……不会是结膜炎吧!安德烈,安德烈,拜托,你坚持不要戴防风眼镜,现在自作自受了。

　　我找到眼药水,帮他清洗干净,然后拿着眼镜给他看:"不戴上这个你就会完蛋!"我们弄到快8点才出发上路,一阵微雨伴着我们走了几分钟后渐渐停了。天气比昨天还冷,不过这个温度不错,我估计空气会随着时间渐渐热起来。我们身上穿着所有衣物,包括运动衫、毛衣、外套、雨衣,因此旅行袋显得异常空荡。骑了几公里后,道路的一边是科罗拉多州,另一边则是一条伴着我们走了好长一段时间的河流,河沿着峡谷蜿蜒,我们也随着大河湾道的大转弯前进。

　　景观慢慢改变,我们经过了科罗拉多州到达犹他州,就像有人摁了升降梯开关般,山脉渐渐消失又突然耸立,平原谷地的痕迹也像绘画一样完美地铺陈开来。有好长一段路仿佛走在一张巨大的漫画里,我怀疑我们聊天的内容会以对话框的样子出现。通过电影,美国变得熟悉,好像连它的土地也不过是一长串的电影场景,你只要买一张二流电影院的票,就可以看到这千篇一律的布景,还真是不可思议。但就连全世界的电影,都还不足以帮助我们准备好面对纪念碑谷的壮丽。

在百万年前,一股古老的齐聚力量留下它,在那片广袤尘土与红色氧化物中伫立守望着。

"安德烈,看到了吗?看起来好像巨人的椅子!"

我们看得入迷,那种感觉无以言表。毕竟我们不是跟着一般旅行团来到这里——那类旅行团里总有个身材高大、穿着牛仔裤的女领队,一吃完早餐就急急忙忙地赶着大家上游览车。"煎蛋、松饼……大家准备好了没?吃完了吗?大家靠近一点排好队,各就各位!"她总会在美景上唠唠叨叨,而整个行程就是上车睡觉,然后跟令人惊奇的美景说再见——相反,对我们来说,我们的旅行是个奇想的显现,像一只飞行的怪龙、一大片缤纷绽放的鲜花。这才是惊奇。

惊奇,真棒的字眼。

"你觉得很惊讶吗?"15年前那位专科医师这样问我,我当时没有立刻回答,而是呆住了,因为自闭症不是每天都会听到的字眼。"你觉得很惊讶吗?"医师再次问。如果我觉得很惊讶呢?可是,不,为什么我要惊讶?

我在字典里找寻"惊讶"的定义,看,我自问:"是不是就像在圣洛伦佐节过后的好几个月,若还看到一大堆星星掉落[29],会让人忽然睁大眼睛一样?这或许可以称为惊奇。"但是,同一件令人惊讶的事可以每星期发生一次,够幸运的话,一星期两次也可以。只不过,面对自己的孩子是自闭症儿童,这又是另一个层面的问题。

我们停下摩托车,向天空伸展手臂,安德烈向前走了几步,远离马路,看着四周。他可能正在观察我,看着这个静坐在这片辽阔的土地边缘的老爸,然后心里问着:为什么你不赶快出发?为什么你不让

---

[29]. 圣洛伦佐节在每年8月10日,纪念天主教圣徒圣洛伦佐的殉教。天文现象三大流星雨中的英仙座流星雨活跃的时间(7月中旬起至8月中旬)刚好在圣洛伦佐节前后,早自中世纪时期起,欧洲农民称此流星雨为"圣洛伦佐的眼泪"。

17 惊奇

我像那些沙漠里著名的沙虫一样,高高兴兴地钻进树丛里?为什么你不趁着天还亮时赶快把阳光装进盒子里,以便在冬天天黑得早时打开来用?……

"喂,小心郊狼!"我开玩笑地说。

"郊狼好好。"

瞧,对他来说,所有东西都是美好的。不知道这是机械性的重复,还是这意味着他能过滤和重组每个来自世界的金色片段,并以此种方式赞赏他感受到的那种壮丽。我宁愿说服自己,相信事实就是如此。

我们继续上路。因为安德烈要求"骑摩托车四处转转",不管路程有多长,对他来说都像刚骑上摩托车而已。我们在晚上快8点时来到蒂巴城,太阳跟着一起下山,但我们一点也没感到疲倦。现在我们已经在纳瓦霍族的土地上了。

在我和安德烈之间有种和谐,不需要借助其他东西,就像爱,在散布的同时,也散发出一种糖浆甜美的味道。

18 在浆果林里

没有锥形帐篷，没有马，也没有印第安少女或小孩在训练射箭。早上起来发现身处在纳瓦霍族人之中，让人有点害怕。他们围在一辆灰蓝相间的旅行拖车前，四周都是零碎的东西和生锈的壁炉烟囱，年轻人毫不顾忌地向人要钱……

有人对我们的摩托车感到好奇，我们便对大家讲述这趟旅行，以及我们从哪里来、走过多少路。他们也邀请我们到家里，用饮料招待我们。确实，即使坐在吱吱作响的阶梯上，那些老人家也都像怀着大草原的梦想，或者至少像是曾在某些西部电影中出现过。

有个老人告诉我们——由他的孙子充当翻译——他曾经参加过七部主要电影的演出，其中一部还有约翰·韦恩。他为我们示范举枪、眯眼瞄准目标的动作，还站起来做出骑马的姿势。你一定无法相信，穿着牛仔裤的纳瓦霍老人，挺直脊背坐在一匹看不见的马背上，他皮肤粗糙，绑着一个灰色马尾，像逆着风一样，身体微微晃动，他的眼睛明亮，眼中透出过往的景象，非常动人。

从居民中走来几个女人，她们满是好奇，几个比较年长者围绕着安德烈，这次换她们不发一语地触摸他。她们把手放在他的手臂上、背上。我用眼神探问着，但没有开口发问。安德烈原地转圈，像在回应这

18 在浆果林里

种好奇，最后发现自己身处于一个小圈里，于是他低下头，感受自己被观察的感觉。一个女人伸长了手臂，手颤抖着，其他人立刻照做，她们展开了一段轻柔的吟咏。

此时，安德烈跳向一辆拖车，那儿有个炉子的烟囱不太正，他必须过去把它弄直。那些女人彼此讨论着，然后走向我。我试图问其中一个妇女，她们是否发现了什么。那个女人的回答我无法理解。我想找人帮忙，但年轻人都不在附近。

"你们看见了什么？"我问。

"自闭症儿童。"我自问自答，但这几个字对她们来说毫无意义。她们彻底审视了我一番。一个女人用指尖触摸我的左胸，另一个则给我看了一个有小坠子的项链，并指着安德烈，那是要送给他的礼物。我在上车出发前为他戴上了那条项链。这些人一群驾着旅行拖车的印第安人。

我们看到好多驾着旅行拖车的美国人。才不过几公里前，我们经过一段路，沿路布满许多信箱，每个信箱都立在一根柱子上，仿佛是个种满活动小屋的森林。一些信箱留在那里，守护着被遗弃的土地。我们好奇地停车查看，发现有些信箱里塞满了信件。天知道，也许这些信件要一两年后才会被拆开来看。

想象一下，有人寄信给你，尽管知道那些字句或许没有机会被阅读，或许过了很久后才会被读到，但我却觉得这个感觉很美。它们是被放置在那里酝酿发酵着的文字，是充满了巨大的爱和恳求的凌乱行句，只是被置放在了错误的地方。邮差们不忍心将它们丢掉，便把它们带到这里，这是信息的坟场，是那些永远不会被阅读的书信终了的地方。

"我们要不要也来寄一封信？"我问。安德烈回答说"好"，他看起来也很肯定，于是我从所有的东西里找出纸来，包括我回收的一些便利贴，还有一个仔细卷起并在叠好后塞在某个背包里的装饮料的纸袋，我也找到了笔。我们要写些什么呢？安德烈犹豫着。

"不写字？要涂颜色？"

"漂亮的颜色。"

我们有牙膏,也可以用赭色土壤,于是我们加了一些水便开始调色。安德烈非常投入,他弄出了一幅颜色无法定义却散发香气的图画。我排列纸片,而他将之排成非常整齐的行列,只有在尾端有个小小的弯曲,有如雨伞的握把般,我用笔写下日期。我们将那些信投入不同的信箱里,告诉他们我们来过。

接着我看见一个褪色的蓝色信箱,连想都没想,便把一张安德烈写的文字投了进去。

父:安德烈,你记不记得旅行的时候我跟你提过人生、未来,还有一些你必须要学习的事?对于我告诉你的这些事,你有什么想法?

子:安德烈听爸爸说的事。我每天让我的心试着学习。但是努力无效我对我的自闭症失望。我要求帮助。

父:我该怎么样帮助你呢?

子:不要太多要求。遵守太多规则我很累。头痛。爸爸对不起我不能控制我的身体。

父:那些理由一点帮助也没有。

子:我知道。你必须了解我的不安。我有很大的焦虑。

父:你想要我思考其他事吗?

子:我是一个被囚禁在自由思想里的人。安德烈要获得痊愈。再见。

成列的汽车和游览车,向我们宣告着我们已经接近大峡谷了!安德烈不停吻着我的左脸,或许是为了感谢我带他到这个梦想中的景象里。

我们超越一大群观光客,排队登上观景台眺望。那种空旷与嘈杂让安德烈变得苍白,让他没有办法张开手臂,也没有办法蹦蹦跳跳,他们推挤着他。从那个无底的大坑中升起阵阵重力的波涛,抓住了他的思绪。看来,大峡谷该看的我们也都看了……

18 在浆果林里

此外，我们也期待着那条迷人的66号公路[30]。

"安德烈，我们现在骑在66号公路上。"

"六嘶六。"

"我们不知道自己往哪里……"

"……去。"

我们穿越过那些还停留在20世纪50年代的城镇，猫王的影像到处可见，人们也还像生活在那个时代，有着接近天真的愉快。那时的青少年如今都已老去，还爱着那间他们称为加油站的商店[31]，那里有冷战时期的招牌标志，过时的东西四处凌乱堆积着。

在塞利格曼停留时，我帮安德烈点了一份牛排，我自己则点了炸鱼和薯条。

临睡前我想找安德烈在键盘上聊两句：

你今天觉得怎么样？

安德烈没有动静，他已经到想象中的浆果林里。

有许多次我都会为这些界限感到悲伤，我多想找到那个通道，带我穿越布满荆棘的树丛，然后惊讶地发现他就在林中的空地里快乐地玩耍。那应该也是适合我休息的好地方吧。

我无力地接受了这个可能无法跨越的局限，接受了安德烈可能无法触及这个事实。最后我只好自己回答，希望还能猜中他所想的，这就像拥有双重人格一样，是一种非实体的孕育状态。安德烈始终面带微笑地回应我，他的意思是指这样很好。希望是。

于是我关机。晚安。

---

30. 兴建于1926至1927年，是美国历史上主要的道路之一，自西向东跨越八个州，曾是移民向西迁移的主要道路，对沿途经济具有促进的功能，目前已废弃不用，被列入美国国家风景道路，称为"66号历史公路"。
31. 在66号公路上，位于亚利桑那州的塞利格曼与金曼之间，过去为加油站兼卖杂货的商店，现在则成为具观光作用的复古商店、休息站兼游客中心。

如果我拥抱你,请不要害怕

19 拉斯维加斯

我完全没有想到深夜里会传来信息,并等待着我们。短短几行字是来自十多年前飞往墨西哥土伦的挚友洛伦佐。"你愈来愈接近了。"他写道,"来吧!过来一下,来拉丁美洲。我是说大步跨越过来,而不是只到墨西哥边界,也不要只到蒂华纳,那边的人一心只梦想变成美国人,你们就别浪费时间去那个看起来像监狱围墙的边界了。人类可能全疯了,但这里,在玛雅的墨西哥,你还能遇到一些有心人,在这里可以重新开始。"

没错,大家都想重新开始。

太平洋风平浪静,正等待着我们、吸引着我们,像个巨大、水漾的磁石般。终于,目的地洛杉矶已经近在眼前,但还是需要过一个中转站。

太平洋的景象让我分心,给了我幻想,让我没有立即发现就在路边的奇异景象。安德烈以手示意要我看,有个先生在沙漠里骑着脚踏车——一辆小脚踏车,两个轮子又小又粗,一顶帽子挤压在他头上,他的块头大得有如教堂的慵懒司事。不不不,我们一定要拦住这个家伙!他沿着黄色尘土的羊肠小道,在矮树丛中径自前行,我们慢慢减速直到靠近他旁边。

19 拉斯维加斯

"我从来没见过有人在沙漠里骑脚踏车!"我大喊,把摩托车停在路边,安德烈下车跟着他,那个男人也转过身来看着我们。

"如果你们经常到沙漠里,就会看到一些奇怪的事。"他说。他连一滴汗都没流。接着他又说:"沙漠是因为奇怪的事物而产生的。"他看着安德烈,安德烈好像想要抱他了。

"停!你这小鬼!"他对安德烈说。安德烈突然伸长了手,屏住呼吸。

"你可有钱投资?"他对我呛声道。

"那要看情况喽。"我回答。

"我有个很棒的点子。"

"在这儿?这个沙漠里?"

"我想在这里盖一家给观光客住的旅馆,跟那个无能的赖特所设计的'沙漠中的圣马可'[32]毫不相干,那个家伙根本不懂沙漠,他不过是个少爷!"

"那要多少钱才够?"

"你有五万美元吗?"

"没有。"

"两万?"

"也没有。"

"你竟然一毛钱都没带就跑沙漠里来?你这个身无分文的少爷比赖特更糟!听着,你对爆米花的生意有兴趣吗?我倒也有些点子……"

"嗯,也没兴趣。请问你要往哪儿去?"

"我把卡车停在后面的小镇,然后骑脚踏车。我一辈子都在沙漠周边工作,没沙漠我也活不下去,我现在要去找胖妞琳达。"

"去找琳达?"

"在前面几公里的地方,如果你们到那里,跟她说乔治快到了。管

---

[32] 美国建筑师弗兰克·劳埃德·赖特在1928年受委托提出的建筑计划,原计划为在美国亚利桑那州凤凰城南方沙漠中建造度假中心,后因1929年10月美国股市大崩盘,导致这项建筑提案无法实现。

她呢，反正她知道我迟早都会……"

"可是在这种太阳底下，万一你发生了什么事怎么办？"

"你管自己的事就行了！"准备要再出发的乔治说。

这次安德烈从背后抓他，这让他的出发像初试飞行的飞机，根本无法成功。

乔治扬起一只手道谢。

我们也再度上路，40摄氏度的高温使得马路"颤动"起来，热气舞动，扭曲了马路上的白线。

琳达的咖啡馆招牌像幻觉般地出现了。那是由一位高壮女人经营的小小简易餐馆，她高壮到连安德烈这种拥抱高手都无法一次环抱住。安德烈试着要抱住她，但只抓得住琳达一小部分，大概只有四分之一吧。

"乔治向你问好。"我说，"他正骑着单车过来。"

"他怎么没爆胎啊？他只会来要钱，花在他那些怪点子上！"

尽管琳达躯体庞大，却充满活力，她以不可思议的灵活度在整个餐馆里四处游移。

琳达挽着安德烈的手，拉着他在桌间移动，问了他一大堆问题。

"你能来到这里很棒耶，是那个丑丑的先生带你来的吗？还是你自己开车？来这边就别开车了，在沙漠里骑摩托车最好。"

"我们就是骑摩托车啊！"我说。

"你闭嘴！你哪知道什么沙漠里的摩托车？"

我摊开地图，对于接下来的路程还有些不确定。我喝着冰咖啡，那杯半公升的饮料里加满了冰——像所有事物一样，当空气中充满友爱的气氛时，就带有一种令人沉醉的滋味。琳达眼睛谨慎地巡视着桌间，停下来观察我的地图。

"拉斯维加斯，"她说，"正是适合你们这两个旅行者的地方。"

不会吧？拉斯维加斯？和安德烈？这对他来说太嘈杂了。

可是琳达有种特殊的调调，让人停止思考，她说拉斯维加斯时，像是在说一个童话故事中的地点，好像那个地方一点也不危险。她观察着我们，认为我们的眼神、举止，加上穿得这样怪异，不会因为城市的灯

19 拉斯维加斯

光而盲目。

我对安德烈说过，这会是一场极致的旅行。"安德烈，那我们要不要去？"问他也没用，他的回答总是"好"。所以，我们就在拉斯维加斯过一晚。

我们兴奋地继续上路，一路上我跟安德烈叙述这个赌博玩乐的城市。"那里有各式各样的赌局。"我说，"有吃角子老虎机。""这个我知道。""此外，那里还会有桥牌、轮盘，你知道吗？就是有个球一直转，还有很多数字，有红色的和黑色的。"他重复了很多次"红色"，然后开怀地笑了。

经过三个小时的路程我们便抵达了目的地。我们走了一条像地狱一样的公路，因为气温连一度也不肯下降，一路上没有遇到半辆车，只有蜥蜴和焦枯的草丛。哈雷发出了怪声，可能在预告它会比我们先阵亡。

我们抵达拉斯维加斯时还是白天，交通"打结"，一片混乱。我们住在市中心一家叫蒙地卡罗的旅馆，那里环境优雅、有效率且冰冷。上楼进房间的时候，一阵恶心袭来，我的肚子起了"骚乱"。我躺在床上休息，音乐低沉，灯光幽暗。安德烈也很安静，没有发出声音。我决定冲一下澡，相信热水可以冲去疲劳。除了还有一点残留的不舒服外，我好多了。我还想再休息一下，不过安德烈开始有点不耐烦，跺起了脚。好吧！不准生病。这座城市是个电子世界，到处都是灯光闪烁。这也是一个各种事物偶然形成的大集合，有很多表演、赌场和妓院，让人晕头转向，而我们真的有点迷失了。我们玩了吃角子老虎机，安德烈拉了几次把，赢了一大把硬币，他既兴奋又开心，在大厅里手舞足蹈。把吃角子老虎机的硬币赢光后，我们就重新再玩，因为一再地把赢来的钱又玩到输光，算是没有输赢。

在这里，就连安德烈也被一些突发的细节和景象吸引。他的注意力被展示在赌城入口处十多个礼堂的照片攫住，这些礼堂正是人们像快速吃点心一样的结婚地点。我们惊奇地走过去看那些照片，照片里选择这样快速喜结连理的新人，类型多得不可思议。有非常高的男人和很矮的女人，穿维京人服装的、胖嘟嘟的，有甲状腺功能亢进患者，有手心里握着一个铜钟的高雅的女士,有一对骑着越野单车结婚,还有一个新郎是跳伞下来的,我觉得这个人会是个谨慎的男人。我们在圣马可广场旁边找位子坐下,被迷你版的威尼斯大运河上划船的女性贡多拉船夫围绕着。观光客拍摄着潟湖的美景,那些山寨版的砖块却毫无原版风景中那经过时间雕琢过的光彩[33]。

看了许多城堡、金字塔、棕榈树、法老王,还有一些米妮鼠、一场巴西嘉年华会、一次哈雷摩托车游行和一支光芒耀眼的足球队后,我们累了。我们看的东西已经超过一个人所能累积的量,至少我是这样。

已经很晚了,于是我们匆匆上床睡觉。

---

33. 美国拉斯维加斯的一家赌场酒店,场景仿效意大利威尼斯著名的潟湖景象和建筑风光。

20 给新娘的吻

这座城市像是一头沉睡的狮子,一头霓虹灯熄灭了的狮子。拉斯维加斯没有了灯光效果,就不再是同样的拉斯维加斯……

沿着公路骑了250公里后,我们无精打采地来到一个加油站前,附近有几棵,我们在其中一棵树下看着颤动地包围着我们的大地。

之后,我们骑了三个小时到达洛杉矶,中间穿越过一整片乡野,只有巨大的高压电塔遍布,这些电塔为整个加州提供电力。

我们被一阵"繁忙"的车流卷进一条有四五条车道的马路上,像软木塞在水上漂浮着一样,再也辨认不出前面的方向,必须依赖卫星导航仪,它现在已成为我们最好的朋友——直接引导我们往圣莫尼卡。

我们终于到了!一时间,我觉得出现在眼前的那片海水,不可能会是太平洋。安德烈仍然紧抓着我,不想下车,而我也犹豫着。我们到了,到了耶!安德烈。

我努力想象些庄严的姿态,但安德烈以蟋蟀般的大动作抬起长腿,跨下车,很快就站在地面上。我们排开人群,越过亚洲人、中东人、金发大胖男人和放假外出的士兵,一路来到海边。

"安德烈,这是太平洋!"

"太平洋,这是安德烈。"

"你要对太平洋说什么吗？我们一路来到这里很简单还是很困难？"

"简单。"

"是谁骑摩托车？"

"我。"

"好啦！安德烈，我们来对自己说：我们是英雄！"

"英雄，爸爸。"

安德烈自顾自地转圈，跳起了一小段祈雨舞，那是他出于本能的感谢。

人们观看着，我们请人为我们拍照。我们获得的赞美不断增加，但倦意也随之愈来愈浓。我们办到了，再也没有什么好惧怕的。

出发前，我也找过家庭医师巴纳尔，告诉他安德烈的主治医师们所说的话。

"他们说改变太大，或是情绪太激动对安德烈不好。"

"有这个可能。"

"那是指有可能，还是确定？"

"有可能。人类不是可以单纯地用数据来衡量。"

"依你看，尊重安德烈是指要他与世隔绝，还是带他出去尽情地看？"

医师瞪了我一眼。

"你要是有个像安德烈这样的孩子，你会怎么办？"

"可是我没有像安德烈这样的孩子啊。"他叹气道。

"所以说，我得自己处理……"

"对某些病患——只能开始数着日子的病患——我会说，也许改变生活会有帮助。改变，有时就是一种药剂。可是几乎没有人听我的。"

你看，巴纳尔医师，我听你的了。

我们眼中带着感动与欢喜来到一家旅馆，可惜客满，因为有大展览或是活动的关系。少来了，怎么连英雄们都大驾光临了，还一直有展

20 给新娘的吻

览!他们请我们再找其他家,我们也找了,由于很费劲地找,最后我们变成了又脏又累的英雄。为了找到住的地方,我们得再骑20公里或30公里路,不然就得问问高级旅馆。如果真的没得选,我们的标准就要提高!我们跑去敲丽思·卡尔顿酒店的大门。像流浪汉的我们俩,衣服皱巴巴,摩托车也沾满尘土,安德烈脸上还沾着像撒丁岛[34]矿工一样的黑渍。跟柜台接待员说话的时候,搬运行李的服务人员停在原地,嘴巴张得大大的,宾客们惊讶却优雅地窃窃私语。

"安德烈,看到没?这边的客人都这么有钱,穿得跟参加婚礼一样。"事实上,丽思·卡尔顿酒店当晚因为有一场隆重的婚礼而几乎客满。新郎和新娘在接待处附近,两人真是天生一对。现场气氛愉悦、轻松,充满一种像棉花般松软、香甜的殷殷热情。

我排队等候,而安德烈则冲到新娘面前,吱吱作响地亲了下去,他知道那是新娘,因为她穿了一袭美丽的天蓝色礼服。我说这位女士啊,你穿了那件礼服让你成为一个显眼的标靶,一个经验老到的"轰炸机"怎么可能不丢个吻给你呢?那位女士张开手臂,做出准备投降的姿势,新郎跑过去支援她,那样子活像一头在落基山脉孤单住了八年后,看到自己的同伴被人抓走的大灰熊,更令人惊奇的是:安德烈也亲了他!

这个男人比他的新娘更快明白了整个情况,于是他笑了起来。宾客们一团混乱,以为出现戏剧化的转变——女方有个别人都不知道的儿子,在妈妈决定性地说"我愿意"前抵达现场给她一吻。这有可能,因为安德烈很年轻,而新娘是个40多岁的美丽女士。现场的女士们有种对别人私事好奇的邪恶骚动,男士们使着眼色,四处传来喃喃低语。幸运的是,安德烈向广大女性群众发射他的吻,还波及几个年轻女孩。所以,这个男孩要不是反婚姻联盟唆使来闹场的,就是一个受满月现象刺激跑出来的可爱的献吻专家。

"安德烈,过来!"我大叫。

不过这时有人不断通知我要移车。"等一下啊!我们需要一个房

---

34. 是意大利第二大离岛,拥有独特文化以及全意大利最丰富的矿产。

间！"我哀求地说。

"不，你要先移车，然后跟你的儿子解释这是树，不是床垫！他把树叶都拔下来了！""好，没问题……安德烈，把植物放开！……可是我们要来住宿，我们从美国另一边来的，跑了好几千公里，我们已经非常非常累了！"

柜台的主管在他的部属尽力满足顾客时，沉静地站在一旁，好玩地扬起一边的眉毛。

"那个男孩是你儿子啊？"他这样问，但我知道他想知道安德烈是否有什么状况。

"他患有自闭症。"像是有点同情又有点要把我们隔离般，我们在他的保护下，来到一间豪华客房，而这正是我们需要的……

我们整顿好，洗干净，重获新生，看起来像两个贵族，再也不是几个小时前那两个邋里邋遢的旅者。像贵族一样，我点了一杯威士忌给自己，一杯清澈的水给安德烈，一起以一种满足的姿态看着世界。我们是在海上？或者不是？在酒吧里听见许多人轻轻的谈笑声，对我们这两个贵族来说，这一晚的收尾是一张舒适的沙发，相信自己完成了许多事，完成了非常非常多的事。

那，然后呢？

21 洛杉矶

一睡醒睁开眼睛,我没由来地感到一阵诡异的不舒服,原本想要抵达另一个大洋的热情消失无踪,心里有种完全无法达到目标的感觉……我心不在焉地想着,我们可能会再沿着海岸线向北走,走一大整段海岸线,去看看波特兰,或许一直走到加拿大,途中停留在西雅图。

心不在焉,这并不是一种可以驱动内在的思绪。

天空仍然灰蒙蒙的,我也不想骑摩托车,于是走路去找地方吃早餐。服务员来点餐的时候,安德烈站了起来,他跑去观察柜台,移动、翻倒东西,这惹恼了老板。我看到他抓了安德烈的一只手臂,试图抓住他,却无法如愿。安德烈没有挣扎,反而往后退,拉开距离。他的诡计得逞,老板没想到他来这一招,身体往前一倾,开始用低沉的声音咒骂。

一如往常,我也准备好面对责备。当他们知道我应该对安德烈的行为负责时,都会小心地告知我安德烈做了这个,弄了那个。通常我都会回应,有时候我保持沉默,还有些时候我会让他们去见鬼,要看对方怎么样对待我,或我当时的感受。

我在座位上大喊"那个孩子是自闭症儿童"时,顾客们都转向我,服务员张口呆立原地。"那个孩子是自闭症儿童"这个说法似乎无法让老板的情绪缓和,此时他正不耐烦地盯着安德烈的脸。

"不管我让。"[35]安德烈说着,那个男人听不懂,也有点不爽那句话的口气。

现在我可不爽了,我想着,并走到柜台,抓起他的手臂说:"你很可耻!"

"你想怎么样?"

"他是我儿子。他有病……"

对我们两个人来说,这一天应该都很不顺吧。他不愿平静下来,我也毫不妥协。

我们用眼神互相挑衅着,双方内心都在盘算着,要如何狠狠地揍对方一顿。但后来,他先让步了。他转过身,假装无视我的存在,好像这一切都是他个人的问题,我根本不应该干涉。他嘴里虽没说,但我从眼神看得出来他是这样想的:"你看看又来了,不过只是寻常的孩子闯了祸,父亲跑来插手,他以为谁会想要从他身边抢走这个孩子,还抓得这么紧。抓那么紧干吗?谁要啊!"

太阳仍羞于露脸,海滩像是一个广场,人们在这里碰面,在这里谈话、游玩、练瑜伽。恋人们亲吻,哑剧表演者在这里静立,帆船从岸边轻轻掠过,黄色出租车来来去去,卸下乘客后又离开。安德烈很严肃,他找到一根塑胶棒球棍,施展了他的魔法,正沿着人行道走。我心里想着:你到底相信什么?难道你用跑就能甩掉自闭症?难道它会累到追不上你?叩、叩、叩,自闭症来敲门,每天早上叩、叩、叩,它躲藏在深处……

当家庭医师巴纳尔告诉我,自闭症可能是基因造成的,我一点也不相信。

"过去都说是心理问题,现在又说是基因。"我反驳他,"什么都要跟着潮流走啊!"

---

35. 由于安德烈在语言表达上有障碍,这句话原意应为"不要管我",但他讲出来的是不合文法的句子,对方完全无法理解。

21 洛杉矶

"没错。过去一直怪罪父母,特别是母亲这一方,像是没有足够的热情,也就是所谓的冷藏库母亲理论[36]……但就我来说,比较可信的是自闭症可能已经存在于基因里。"

"可是,自闭症患者没有家庭,也几乎没有小孩,为什么不是减少而是散布得更广?"

"因为经过研究,我们才能对症状有更多的了解,对病例的描述才会更正确。"

"所以,假使我们持续研究下去,有可能会发现至少有一半的人都是自闭症患者,或是几乎所有人都变成……"

"别乱讲!"

"巴纳尔医师,归咎于基因是一种不认错的错误。我们给孩子的基因不是到商店里就能买到的。我们凭什么会不给他们好的基因?我们是差劲的基因传递者?为什么?"

我们骑上哈雷,自在地兜风,最后来到洛杉矶一个像是墨西哥的区域。安德烈在摊贩间逛着,又高又显眼。他先是四处看看,寻找我,不过随后却突然拔腿就跑,抛开人群,那些人连连闪避他,没有显露出一点厌烦的表情。他跑过一段路,沿途是色彩缤纷的小商品、衬衫、帽子、吉他、彩椒、水果,还有一大群人,但他们不像其他地方的人那样疯狂。安德烈在几个打桥牌的年轻人前面停下来,跟着他们的动作,想要更靠近他们。朋友洛伦佐的邀请再度回到我心里:冒一下险,来拉丁美洲吧……

"安德烈,我们再往前进,到墨西哥,好吗?"这次他没有听我说话,而是非常专注于其他事物。我又问:"去墨西哥你觉得怎么样?还是你想回家了?你觉得这样就够了吗?"

还是没回应。

"我们会怕墨西哥吗?"

---

36. 由奥地利裔美国儿童心理学家布鲁纳·贝特尔海姆(1903—1990)提出的理论,他认为自闭症的成因,是因为儿童生活在缺乏母爱的环境里造成的。

"不会，爸爸。"

少来，我们其实有点怕……

他那眼神像是从一座山顶上在看我。

早晨很冷。我听洛伦佐的话，步子跨得大一点，越过边界的墙，一路到达墨西哥的心脏。我们要归还摩托车，要把外套、雨衣、置物箱的包包和毛衣等寄回家，当然还要买飞机票。为了让其他衣物重回文明，我也没忘记要去洗衣店。不过，这些要慢慢处理。

回到酒店，没有再见到前一天婚礼上的任何人，那里除了工作人员都是新面孔。柜台的年轻人像同伙一样，面带微笑地告诉我们："可能还在睡吧。"我们在圣莫尼卡四处闲逛，这里有好多吸引人的东西，有即兴表演，还有正在训练的杂耍艺人。对安德烈来说，躺在海滩太冷，唯一可接受的选择就是"骑摩托车逛逛"。我们逛遍了整个洛杉矶，梅尔罗斯大道、滨海大道、好莱坞、日落大道、星光大道，还有其他偶然发现的著名景点——或是它们发现我们，虽然这两者之间没什么差别。

22 黑洞

我们归还哈雷,过程有点麻烦,我至少跑回租车公司五次,只为了确定一切是否都没问题——因为车子有一些难以发现的刮痕。安德烈甚至还向它吻别,好像它真的是我们的马,它像一头强壮的动物般地载着我们走过9000多公里的路程,我们真的很爱它。

"安德烈,现在我们需要走路了。"我跟他说。

"走……"

安德烈踮起脚尖。天气完全没有变好。我们找到一家洗衣店,当地的人把衣物放进机器里后,不是离开去逛逛,就是安静地坐下来看书,我们留在那里东看西看。安德烈贴在洗衣机的小圆窗前,眼睛随着水的漩涡转,里面的衣服旋转着,泡沫充满在玻璃上……连我也跟着看得入神了。我自问,是什么东西吸引了他,他心里现在又是在想些什么。这有点像催眠,而我接受了它,但我还能集中精神维持几秒钟,安德烈几乎像是进入共鸣中,那个动作像是引力的中心,外在世界就像洗衣槽一样绕着转。有个女人过来看她清洗的衣物,看到安德烈盯着洗衣槽的小圆窗时,指着他问我:"那个家伙在干什么?"

"他在观察平行宇宙,洗衣机里有个黑洞。"

"你是在跟我说……那个让我们能与其他宇宙沟通的黑洞是真的?"

"没错。那个男孩子应该看见了。"
"那台洗衣机是我最喜欢的！"
"现在要再洗一次啦……"
"我来！"
"不过要用特别的硬币才可以。"于是我送给她一枚两欧元的硬币，需要的时候就用得上！

我整理好了背包里的衣物。现在，墨西哥在哪儿？要从哪里开始？答案很简单：从飞机票开始。

明天我们一大早就去机场，在那里看一下情况，然后再把所有事情办好。又准备说再见了，明天开始就是中美洲。我们已经经历了许多次小再见，每个待过一天以上的地方，我们都用一段时间来建立一个小小的关系，以感受感觉、采集记忆。

"准备好了吗，安德烈？"
"好了爸爸。"
"宇宙飞船偏离回程航道，我们要点燃附加火箭，寻找另一个星系！"
我们熟悉的卡纳维拉尔角[37]一定是不同意的："做疯狂的举动没有问题，不过这次要到墨西哥就太离谱了！这简直是'2月30日事件'——不可能……我好像听到那边的几个人想要表达什么？我们做了啥事让你们逃到那么远？没有？谁知道？"

我们没有要叛逃，我们只是指南针出了故障的雁鸭——其实只坏了一个。在墨西哥，一个指南针刚好够用。

在美国的最后一晚，我们的电影合约到期了。在海岸上消散退去的美国，除了空间还是空间，有时美得令人揪心，有时平庸或不切实际，它让你饥饿但不让你满足。还有什么会留在我们心里？只剩下到过那里，端坐在抑郁断层上的感受吗？

---

[37]. 位于美国佛罗里达州，附近有美国肯尼迪太空中心和卡纳维拉尔角空军基地，美国国家航空暨太空总署数次航天飞机均由此地发射，此处便逐渐成为太空指挥中心的代名词。作者以此比喻在意大利的家人。

23 都是贝利的错

我打包着行李，安德烈不知道躲到了哪里，最后我发现他在浴室里盯着马桶的水照镜子，静止不动。"来！我们动作要快点！墨西哥正焦急地等着我们。"即使我这样催促他也没用。他必须把一个工作做到最后，完成它，否则没有人能把他从目标中拉开，因此遇到这种情况时，必须让他的心智自行耗尽。或许这也是他不想离开的方式，这一次的改变，他似乎有点无法忍受。但突然间，每一个物件都好像找到了它的位置，安德烈的表情显现出他喜欢，或者说，那个隐形排水沟的洞修补好了，他又回到了我身边。

去机场的出租车司机对墨西哥的消息不太灵通，他几乎对边境以外的事物毫无兴趣。

我们疾疾地走向离境班机告示牌：墨西哥市、坎昆、拉巴斯、洛雷托、瓜达拉哈拉。瓜达拉哈……就这里了！这个地名念起来真好听。它勾起了我深藏的记忆。

1970年在墨西哥举办的世界杯，我和父亲一起观看巴西与英国在瓜达拉哈拉足球场的比赛，一同无声地感受这场精彩足球赛的悸动。球场一整片橙黄色，英国队震颤着，大概是因为天气热，或是因为巴西队，或是那个总是让人惊奇的贝利。我父亲非常紧张，那场比赛他支持巴西队，他们踢得很狂暴。突然间，有人摁响了门铃，他迟疑着，门铃又响了，我起身要去开门，他吐口气说："不，等一下，我来开。"才不过几秒钟，他错过了一场我所见过的最精彩的防守战，英国队的门将班克斯扑出了贝利的一记头球。日后人们都说这是一次不可思议的扑救。

父亲回来时，我不知道该怎么办，我实在没有勇气告诉他我刚才看到的那一幕。他从我的眼神看得出来，他问："他们射门了吗？"我没有说话。他问我："贝利头球攻门，然后门将飞身挡住？是飞的吗？"

"爸爸，我看到他像鸟一样飞起来。"

"你看，"他对我说，"并不一定非得要有翅膀才能做伟大的事。"

瓜达拉哈拉，就你了！只要搭一趟达美航空短程班机就到了。我们加入航空公司柜台前长长的队伍里，安德烈算不上是守规矩的乘客，我们挤在一群嘈杂的人中，这些乘客相当躁动，堆积成山、难以翻越的行李都用胶带固定住。人群中爆发出一些小口角，气氛很紧张，但工作人员忙着处理其他事情。那种情况真让人沮丧，让我很后悔为了试试运气，竟这样跑来机场，我们甚至发现，轮到我们的时候，已经没有到瓜达拉哈拉的机票了。

真糟糕，但还不至于失望。我们在机场里游荡，看到另一家有飞往瓜达拉哈拉班机的航空公司：墨西哥航空。票务中心空荡荡的，我们是售票窗口仅有的两个顾客，工作人员非常和善，为我们选了两个舒适的座位，让我们宛如从达美航空的炼狱来到墨西哥航空的天堂。我甚至还怀疑墨西哥航空的班机真的能飞到目的地吗？这一切都是真的吗？这当然是真的，只不过，还要再等上四个小时。

我火速清洗安德烈的屁股，因为他决定要在墨西哥的云端上大号。他一去厕所就没有再回到座位，我敲了很久，他才打开门，在这种飞行高度里真是让人捏把冷汗。我帮他清洗干净，让他恢复光彩，发现他的下唇有伤口正在流血，问他疼不疼，他没回答，因为只要一张嘴他就疼得生气、大叫。去年，他靠在摩托车排气管上，导致腿被烫出一个令人不敢想象的大水泡，但他也没有说疼，直到水泡破裂后我才发现。

23 都是贝利的错

　　自闭症儿童对疼痛有种不可思议的容忍度，而安德烈的临界点应该极高。他从小就爱光脚在尖锐的碎石路上跑，一点也不觉得疼或痒。我曾试过学他走路，但只走几步就必须停下。疼痛是个警钟，告诉我们有危险，让我们习惯于有所限制。或许安德烈没有感受到这种限制，也或许警钟没有响。我用手帕摁住他的嘴唇，陷入这些思绪中，当手帕拿开时，血已不再流。"有没有看到？没事了。"

　　飞行高度下降，我们快要到了。这次顺畅得真是不可思议，我们下了飞机，背上行李，还不到两个小时，便已走在另一个宇宙里。晚上10点，我们在市中心一个美丽的露天广场上吃着肉，搭配酪梨酱和龙舌兰酒，听着音乐，呼吸着墨西哥的气味。美国如今已在我们脑后，美国的富裕、对物质的追求、T恤的棉质……在墨西哥都有它自己的标准。

如果我拥抱你，请不要害怕

24 瓜达拉哈拉

今天早上，一个在瓜达拉哈拉街道弹着吉他的先生向我们道早安，一位唱着歌谣的老妈妈和他在一起，她手里拿着一个黄色平底锅，用来装硬币。那个场景很感人，哀怨但又热情，会引发人的恻隐之心。我们不费力地找到一家蛋糕店，总算让我尝到了好喝的拉丁咖啡，也让安德烈吃到了甜点。

我们品尝着墨西哥式的舒适时光，甚至还搭乘马车游览城市，感觉有点像美国人在威尼斯搭乘贡多拉船。我问马车夫，知道不知道值得信赖的旅行社，在摇摇晃晃中，他让我们在一个公司前下车。那里的经营者相当客气，他留着小胡子，但胡子颜色太淡，以至于看起来像是用铅笔画上去的。他要我们相信，墨西哥已在没落，所以到哪里都很容易。

"去巴拿马也一样吗？"我问。

"尤其是巴拿马，先生。"他回答。我确定如果是其他问题，他也会这么回答："尤其是巴塔哥尼亚，先生……"只因这是他的工作。我仔细看他，还真酷似迭戈·德·拉·维加，就是电视里的佐罗，我顺便问他是否也练剑。他手指着地图上的地点，我说："我对墨西哥市一点兴趣也没有。"很自然，他为了迎合我，于是说："首都总是比较混乱。"好一个厉害的奉承者。"不过，还有阿卡普尔科、埃斯孔迪多港这些不能错过的地方，之后你还可以搭机去瓦哈卡，只要在墨西哥市短

24 瓜达拉哈拉

暂停留,再从那里去……"

"从那里?"

"你不去巴拿马了?"我是开玩笑的,不过我告诉他,我应该会想去看看。

"危地马拉呢?"为什么不去?拉丁美洲现在已经敞开在我们面前,我们唯一恐惧的是边境。"佐罗"毫不保留地指点我,该怎么样到达巴拿马。"有意思,我会考虑看看。"最后我们一致同意租一部车开到瓦哈卡,之后搭飞机到墨西哥市,再从那里到危地马拉的安提瓜。

我们在市区的街道散步,感觉很好。我在和安德烈之间,感受到幸福和同调。

摊贩、商品,甚至还有挥扬着许多旗帜的抗议团体,全都象征着生命力,但也一样可以从少数的东西上看到贫穷的象征,它像旅行的伙伴,我怀疑它一路跟随着我们,毫不顾忌——街上一群孩子向人索讨东西,还有一些八九岁的孩子替人擦鞋以赚取几个比索,他们全是住在路边的小小居民。我把50比索放在安德烈手里。

"你拿去给那两位先生。"

他迟疑着。

"就是那两位光着脚的先生。"其中一个人双腿细瘦,他瘫痪了,坐在轮椅上,他的同伴则被迫以一种不可能的方式,辛苦地将轮椅抬起、倾斜,以便继续前进。这两名年约50岁或60岁的男子,以相同的难度,像爬山一样,一米又一米地艰辛前进,他们的眼睛乌黑,用深邃的目光看着我,这一幕令人屏息。安德烈把钱拿给他们,快速地看了他们一眼。他们咧嘴笑着,点头答谢,仿佛我们所给的4欧元是全世界最多的捐款,他们看着我们,直到我们消失在他们的视线里。

拿钱给人后,安德烈又进入他怪异的行为中。他跳跃、拍打自己的手、揪树叶……墨西哥人看着他,每个人都会注意到他认为不正常的事。我叫住安德烈,试着跟他解释,在这里不会看到华丽炫目的灯火,因为在这里"贫穷"像剪刀剪断线绳一样,能让一个人消失在世间。

表面上看起来,安德烈根本没在听我说话,但我知道,他将我对他说的话都储存了起来。他虽然只悄悄看了那两个乞丐一眼，却把他们铭记在心，不知会在未来的何时，再想起这次相遇中的每一个细节。

傍晚时乌云密布，我们在古老的骑楼里吃晚餐，桌子四周被穿着高雅的黑色服装、拉着小提琴或弹着吉他的街头乐队包围着。其中一个人面容专注，像是在珠穆朗玛峰峰顶上的塔楼高歌。我点了一杯白兰地调酒，安德烈则是一瓶水。

晚上下了一场暴雨，电光交加，雷声像击鼓。我在旅馆里写东西、上网，安德烈安安静静的。

我睡不着，无法熟睡。看着窗外雨中的条状影像时，突然，有人从路灯下走过。我追随着这些灯下的身影，原来是住在街上的那些人正在大雨中吃力地移动着。我想着安德烈，如果有一天，再也没有人能照顾他……他也会变成这样吗？

我看见一个不幸的人，当他走到灯光下时，我看见他脸上黑黑的痕迹，似乎是流过的黑色泪迹，他和别人一样以破烂的塑料袋为雨衣。这个人的动作迟缓、僵硬、微小，每隔约一分钟，便以手掌击打旅馆的落地门五六下。他像石头般僵硬地走动、拍打，那动作跟安德烈如此相像，好像两个人都听从着脑海里的某种歌调。只有天知道他是谁，年纪多大，如何过活，都吃些什么，睡在哪里。他有没有跟谁说过话呢？一个人有可能这样活下去吗？面对这样的情景，我怅然若失。

我们在旅馆里，很温暖，还有床铺、自来水、冰箱和其他东西……但我们有时仍然抱怨。我的直觉反应是跑下楼，把这个人带到我们这里，给他安慰。让他冲个热水澡，给他一件衣服穿，帮他好好整理一下，我想要为他做些事。一定有某些道理，正好在今晚让我看见他。于是我穿上衣服，抓起防水外套，下楼走到街上。我却没有再看见他，但这不可能啊！他行动这么缓慢却消失得如此迅速！我跑了几米，如果街道这么空旷且直，他能跑到哪儿去？我失望地回到房间，安德烈还在睡，他在床上辗转反侧，睡得并不安宁，也许正在做梦。

我又再看向窗外，感觉到那个身影走过，我们的时间轻轻错过，我们的生命逐渐拉远。

25 噢，好贵的汽油

醒来时昏昏沉沉的，这一晚让我感觉很不舒服，但安德烈完全相反，他的状况极好，充满活力地准备好迎接新的一天。我想象他应该胃口极好。"走！"他像往常一样说。

早餐相当丰盛，咖啡像炸药，柜台后的两个年轻人问了我们一大堆问题，例如，你们从哪儿来？要去哪儿？为何只有两个人，没有女人不会无聊吗？"来吧，尝一口这种甜点！"不可思议，安德烈拿来吃了。那是一种白色的甜点，我真不敢相信安德烈会喜欢，他从没吃过这种颜色的甜点。为了小心起见，我也尝了一点，味道还真不错。安德烈甚至又拿了一块。

我们上车，准备出发了。我开了11个小时的车，穿过山区和乡野，景象有如老农村，有一小群一小群聚集的人们，动物在道路上穿越，驴拉车，孩童光着身子在巷弄中奔跑，还有努力把最好的衣物都穿戴上的人们……村镇与村镇之间都像美国那样，错落散布着倾圮的建筑。到处是新装上的电缆线，像蜘蛛网般盘错在房舍或小聚落中心的上空，呈现出墨西哥境内最不稳定，也最破败的混乱景象。

我们跟在一辆破旧的运猪卡车后方，走了几个小时，沿途观察着猪屁股随着弯道摇摆。路边有人用平底大铝锅在烹煮鸡肉，气味真好，于是我们让猪继续上路。

闭眼品尝全世界最多汁的鸡肉，是一种很大的满足，也是感受当地卫生情况最好的方法。"先生，路上要小心。"那个女人端上鸡肉时这样跟我说，"再往前，你们会经过一段很危险的路段，"她一只手遮住嘴，声音压低，"那些毒枭会攻击旅行的人。"

"希望我们没事。"我说，"我们也没有什么东西好抢的。"

我们的旅程将我们带到原本不会前往的地方，来到一些地图边缘、称为空无且孤独的地方。也许我们是幸运的，路上遇到的人都很开放，也很慷慨、有礼。

你看，我都忘了汽油这东西，结果在深山里几乎一滴汽油也没有了，卫星导航仪显示最近的加油站在100公里外。我看着安德烈说："我们完蛋了！"

我看到几个修路的工人，便把他们拦住，但我紧张的模样似乎逗得他们很开心。"不，不，加油这行业在这边发展得不太好。"他们一边在工作服上擦手，一边肯定地跟我说。他们小心翼翼地观察我，接着我们相视，认为我还颇能信赖，之后说："希望还有啦！30公里外应该有个村落，那里可能有个人，听说是卖汽油的。"这些人还真是很高竿的悬念制造者，可能？听说？有时候在，但不知道是什么时候……所以我懂了，这个人应该储存了几桶汽油，然后像宝物一样地保存着，以备粗心大意的旅行者需要。

聊胜于无。不知道有多少像我们这样粗心的驾驶者，已经去敲过他家的门求助。他保存的汽油可能很多，也可能已经一滴不剩；要是那个人又忙着自己的事，根本不管他人的利益或其他与他无关的事，于是忘记再去加满油桶……我们怀抱着希望过去，希望他的油桶里还有几公升汽油，能把我们带到目的地。还好这次幸运之神仍然与我们同在，我们只把车推了不到两三百米就到了，还不坏啦。

那个地方连村庄都称不上，只有四间屋子。我们向人问起卖汽油的人，但从那些若有所思的脸上看来，几乎像是在问这里有没有手

25 噢，好贵的汽油

部专科医师。他们此起彼伏地喊："先生先生，他走了。""他刚出发。""他忙着别的事。""没人知道。"……最后肯定地以"他一定会回来"作结。

"一年内回来？"

"这个可以确定，先生。"

在此时此地，这件事非同小可。

我们坐在一个长凳上等待着，像两个滑行在云中的飞行员，满心渴望着飞行，却没有机油。大家看到我们，都无奈地摊摊手，还说卖汽油的人会回来，一定会回来。我忽然想，那人会不会喝了汽油，或是跑到沙漠里，掺杂赎罪与放纵，用一把火统统烧光。这些墨西哥人，真得好好研究一下。

这时突然出现了一辆歪七扭八的老旧卡车，车上载着六七个生锈的桶，像是回到第二次世界大战时期般。开车的是个沉静的矮小男人，听我们说完后，他想了想，估价，开价后也没等我回答就去忙自己的事。他把桶卸下，搬到一个由铁板和柱子搭建的棚子下，那里说不定正是他的家。油价比一般高出两倍，其实几乎是三倍，我得跟他杀价。

"先生，这油价有点太贵。"

"如果不贵的话，我就不回来卖了，先生！不然我来这里干什么？我为什么不到巴塔哥尼亚闲逛，还跑来这里卖一般价的汽油？换成是你，你会怎么做？"

"好，就那个价钱吧，先生。"

"我说的是不是有道理？"

"是，先生。"

"好，那我给你打个大折扣。"

我们买了30公升，他少收2公升的钱当作优惠，于是成交、付钱。他以如外科医师般的严谨态度，为我们倒入汽油，然后与我们挥手道别。

再度上路了。我想去阿卡普尔科，但盘算一下，还有好长一段路，也许可以赶一下路。我征询副驾驶的意见，他说："前进，爸爸。"

我们在晚上快8点时抵达混乱的阿卡普尔科，天已经黑了。高楼大厦，灯光闪耀，交通拥挤，正好让人忘记了沿路所见的矮棚屋。饥肠辘辘中，我们发现了一家意大利餐厅，东西好吃，还认识了老板，他是个50岁的卡拉布里亚[38]人。晚上，老板乔瓦尼陪我们。我有好几个星期没有跟别人讲意大利语了，真的很开心可以和人像老友相聚一样闲话家常，然后我们发现，我和乔瓦尼的生日竟是同一天！

奇怪的是，我没有说很多意大利最近的事，倒是乔瓦尼提起了这个国家30年前的事：他的阿尔法·罗密欧赛车、长头发、迪斯科舞厅，还有他爱上一个有夫之妇，为了不给对方添麻烦，他决定逃离。因为一旦你投入其中，麻烦就会来找你。

我们会心地笑着，这时他开始跟安德烈玩了起来，他放开安德烈，跟我说他有个躁郁症的孩子。

"孩子的病常常会有种不可思议的力量。"乔瓦尼说。

"而且如果你妥协，就玩完了。"

"你知道我哭过多少次……"

"难道我就没有哭过？"我喃喃地说。

我跟他说起安德烈和妈妈有一次在锡耶纳待了三天，做了一连串检查，最后确定诊断无误。我开车去接他们回家时，300公里的路程中，我在车里奔泪哭吼……

那就是我面对现实的方式，不过在那个当下，我也了解到我不会带着痛苦的表情，或者冷笑，在持续欲哭无泪的状态下生活。面对这样的生命试炼，我应该学会微笑面对。我会吃力迎战，但也会充满责任感和企图心。我会积极主动，不会陷在原地，耽溺在绝望的泥淖中。

---

38. 意大利20个大区之一，位于意大利半岛西南部，即长靴地形的脚前半部。

26 阿卡普尔科

伸懒腰、打哈欠、在安德烈的脚底搔痒……但晚上传来的信息可不像我们这样轻松，朋友和亲人非常惊讶于我们竟突然转向往南走。

"你们认识路吗？"

"美国也卖龙舌兰酒啊！"

"你们考虑回家了吗？还是我得加入了？"

"别忘了带两顶墨西哥帽回来啊！"

他们说得都对，但这是需要自己独立计划路线的旅行。

"你们太厉害了，现在你们一定要来土伦。"

"快啦！到土伦……"

"我们等你们来，一定要来土伦！"

这是洛伦佐的留言，他很希望我们可以走得更远。

阿卡普尔科的海滩地势非常险，海浪强有力地冲到岸边。我们站在浅滩上，海水才到脚踝，但浪头一来，会把人整个冲起来悬在空中，那感觉很棒，也颇具魔力。安德烈不停地跳，那不是抵抗，也完全不是无法抑制的重复性动作，而是快乐，像企鹅摇摆，像座头鲸跃入海洋，像信天翁乘着气流般那种身体的欢悦，即时且发自内心，快乐得有如摆脱重力般。

我们整个早上都泡在水里玩，之后在海滩上找一个小吃摊吃点东西。

对于食物，安德烈其实是个保守主义者，他吃了两个热狗，我则尝试诱人的美食，吃了鱼和色彩缤纷的色拉。我觉得还不错，那种味道让人充满想象，异国风味十足，与平常的色拉组合完全不同。我闭上眼睛，想象我看到了吉他、墨西哥帽、龙舌兰，以及像焦糖一样直接覆盖着的贫穷。

哇！这正是当地的食物！

这时来了一群小孩，由一个年轻的女子（一位老师）带领着。孩子们尽情玩着浪花，她则一刻也不松懈地盯着他们，他们一出现太火爆的举动或是对海水太过松懈时，她就会喝止。她一一叫喊那些孩子，把他们圈在一个安全的范围里。她注意到安德烈正在靠近，于是注意着他，也察觉到了他的异样。她试图转移安德烈的注意力，但安德烈不予理会，此时他已经混进那些孩子当中，他在里面有点鹤立鸡群。他开始跳起一段奇特的舞，所有小孩好像一群发现危险而站起来的土拨鼠般，也模仿他跳了起来。之后来了一阵浪，把他们都冲倒了。那位老师变得紧张起来，并对那些小孩喊叫，但没有用。她知道安德烈是和我一起来的，便看着我，好像在说："至少，现在你得来帮我吧！"我感觉责任重大，呼喊安德烈，叫他不要玩得太疯。那位老师听到这个名字，嘴巴张得大大的，因为她的孩子也叫安德烈。

安德烈看中了其中一个最小的孩子，把他抓起来，浪来了就把他放到浪里。我不知道他们之间有什么连结，分享着什么，他们没有说话，却彼此交流着。

"安德烈，要注意小朋友的安全！"不过他们一个接一个地跳着水。

那位老师问我安德烈有什么问题，她非常留意地听着，并说这是上天给我们的考验。

"难道上天是个材料工程师？完全了解我们是不是有什么隐藏着的缺陷，或极限吗？"

她点头。

26 阿卡普尔科

  我知道我们每一个人为了在生命的潮流中航行,都各尽所能地打造自己的桨,唯一一件真正要紧的事,应该是不要用桨在彼此的头上互相敲打。
  晚上我们出门,在街上遇到一个很刺激的活动,音乐的可怕声响以极高的分贝充斥着四周,喝醉酒的人比出生在奇数日[39]的还多。虽然在拉斯维加斯也是很嘈杂,但和这个比起来,拉斯维加斯反而比较像修道院里的草药店。我们被一种强大的混乱包围着,无数的诱惑召唤着人们进入红灯区,不知道我和安德烈之间那条松紧带,在这个疯狂的地方是不是还能牢牢系住。许多地方的入口处都有人在招手,以非常露骨的方式宣扬他们的表演。安德烈站在一张海报前,显得很有兴趣,他伸手触摸上面的图像,那眨眼睛的模样立刻引起一些邪恶的老家伙来勾引他。他在听着,我不知道他到底知不知道那是什么意思,但是那些动作的用意太明显了。我阻止地说:"不行,安德烈,这件事对你还太早。"
  回到我们有如避难所的房间里后,我趴在床上查看地图。"安德烈,我们下一站到埃斯孔迪多港,它躲起来了,我们去把它找出来,好吗?"
  "有点好。"

---

39. 奇数日是指年、月、日三个数字皆为奇数依序排列的日子,这种奇数日一个世纪里仅有5次,最近一次是2011年9月7日,依序排列便是7-9-11,下一个奇数日为2013年11月9日。作者以此比喻喝醉酒的人非常多。

27 美食

埃斯孔迪多港并没有躲在角落里,我们一下子就找到了。我们沿着海岸线,在色彩缤纷的小路上行进,沿途缉查毒品贩运的活动非常频繁,我们被拦了四次。所有的缉查过程中,配有缉毒犬的巡逻车警戒地四处查看,机枪随时瞄准,蓄势射击。那些警察都是全副武装的年轻小伙子,他们眼中闪现出些许恐惧,完全不同于美国那些高壮、傲慢又自信的警察,只要看你一眼就让你害怕。

经过八个小时的车程,我们在中午过后没多久便抵达了埃斯孔迪多港。我们立刻冲向海滩,安德烈因为又可以玩水,显得很开心。突然间,我感到肚子在抗议:"天啊,你到底吃了什么?威尼斯小鼠肝[40]吗?"

我回想起在阿卡普尔科海滩吃的那道鱼肉,它似乎正在我肚子里暴烈扭动,害得我痛苦万分,弯下腰,站不起来,头痛欲裂,两眼视线模糊,几乎看不见在水边玩的安德烈。我努力地保持意识清醒,我们必须找地方睡觉,还要先让安德烈吃点东西。我痛苦地抽搐着,想着那些食物,像条蛇一样,好恶心!我努力让自己来到一家比萨店,当然是那不勒斯式的,那个老板看起来像个挺好相处的土匪。才刚坐下,我就觉

---

[40]. 实际上并没有这道菜,此名称是作者改造自一道传统威尼斯菜肴"威尼斯小牛肝"。

得自己快要垮掉了。"啊!阿卡普尔科沙滩上神奇的鱼啊!"我快要吐了,但又忍住了。晚餐后,我们在沿路遇到的第一家旅馆住下,那个房间不甚佳,不过至少还有台电扇。一进房里,我就把门锁上,安德烈却又立刻要求要出去,我问他想要什么东西,结果竟是可恶的冰淇淋!我必须坦白,这次我真的没有办法帮他弄到了。

我连衣服也没脱便瘫倒在床上。疲惫中我想到还要催安德烈刷牙、换衣服,这真是一个完全没遇到过的状况——我对自己说:"唉!让你遇上了!你现在有麻烦了,天知道安德烈会有什么反应,或许他会打开门,知道去哪儿求救;或许他会出去喊救命,但与其相信他会去喊救命,还不如相信他什么也没说,而是去摸他遇到的第一个人的肚子,并被当成是他在开玩笑。只是这次情况却是相反的,是个声明,在告诉大家:'我爸爸生病了!'"

我把钥匙藏在枕头下,这样还不够,我还交代:"安德烈,拜托你不要跑出去啊。"

我努力让自己恢复,那台电扇吹出来的风还真神奇,它像轻抚般地吹过我,让恐惧不安渐渐消散。不过,我只不过动一下手指头,整个房间就天旋地转,一片漆黑……

我在半夜4点时醒来,安德烈在床上,衣服都没换,他是醒着的。我还有办法走到浴室,再回到床上。"睡觉吧,安德烈。"我轻轻地说,他动了一下,感觉颇平静。我跟脑中浮现的混乱场景顽强抗争——我看见安德烈和妈妈在家门口的草坪上,安德烈手上拿着一个积木。他总是以同一种方式转着积木,嘴里重复说着相同的字:"啦啦啦啦啦。"妈妈像被催眠一样站立在原地,说:"安德烈一直重复同样的动作,就好像肚子被打了一拳,想吐……"

我又陷入一片深沉的黑暗中。

28 再度上路

胼胝体较小,扁桃腺和淋巴系统有神经元减少的情况……有个认识的人把患有自闭症的小孩送去做些复杂的脑部检查,我还记得那些脑部组织的名称,他把检查报告念给我听,然后露出质疑的眼神:"这真的可能吗?如此复杂?"为了互相打气,我说:"谁知道我们自己脑袋里有些什么?……那些机器连个微笑都拍不出来。"

我睁开眼睛,看见安德烈睡在床上,袜子也没脱。想到他也许整晚都守护着我,让我好感动,不过我的肚子还在闹脾气。我试着站起来,蹒跚地往前走几步,房间天旋地转,变得好巨大。床脚下有许多细碎的纸片,非常非常零碎。也许最坏的状况已经过去了,纸片的驱邪能力是很强大的。我走到浴室去弄些水,结果竟然一滴水也没有。我很生气,想着我们一定要立刻更换住处。我必须再爬上车,但现在完全没有塞纳[41]的气力。安德烈此时惊醒了,他从床上跳了起来,非常担心地观察着我。

"别紧张,我还没死掉。"

"死掉爸爸。"

---

[41] 巴西著名的一级方程式赛车选手,也是赛车史上最受喜爱的选手之一,曾多次拿下世界冠军,于1994年于圣马利诺的比赛中因事故身亡。

28 再度上路

"我们现在怎么办?这里一点也不舒服。"

"去车上。"安德烈说。

"我的天啊!"我说,"你没看到我现在这么虚弱吗?你确定吗?我们真的要出发?"

"开车,走到很远的地方。"

你看看,安德烈或许太信任我的能力了。"安德烈,你是认真的吗?你看我还得把手拴在方向盘上,不然手臂会往下滑,我也不知道是不是还有力气踩刹车和离合器。要是路上出现一头墨西哥鹿,让我直接撞上怎么办?你还敢跟我上车吗?"

他不停地笑,再坚持下去是不可能的了。我们很吃力地把背包都搬上车,动作非常缓慢,而安德烈以他自己的方式帮着我。

我必须觉得没有受到束缚,所以光着脚开车。车上的空调让人得以承受得住骇人的热气,安德烈不时转头看我,碰触我的腿。我感觉体力慢慢地有点恢复,我们到达了目的地瓦哈卡。

道路在山里蜿蜒,300公里的路像是一条千疮百孔的大蛇。整整六个小时的路程,我只喝了些水,安德烈则开心地吃着我们在公路边突然出现的小摊上买来的肉干。我觉得对他来说,无酵面包搭配肉干是最好的午餐了。

无论身体多么不舒服,整趟旅程却都很平静。我们没有说一句话,但我感觉像是说了好几个小时。两个旅行者彼此脑中有着许多思绪,许多眼神也告诉我们,彼此是靠近的,是在一起的。

我们在瓦哈卡选了一家市中心的旅馆。这座城市充满色彩,建筑风格跨越时间和历史,有许多石造建筑和高大的柱廊。在最著名的建筑中,有座有如伊甸园的庭院,除了维护得很好,还种植了许多植物,甚至有很多是植物界里的稀有品种。我们穿越其他广场,呼吸这片墨西哥土地的气息,到处坐着个子矮小的人,摊位上摆满各种手工艺品,男人头戴白色帽子,女人身穿绚丽的衣服,还有许多双乌黑而忧郁的眼睛,许多走动的脚,好多袋子背在肩上,篮子里有鸡或是火鸡、袋装的饼干、巧克力多拿滋……大概因为这样，食欲回来了！安德烈大啖肉和马铃薯，我向服务员解释我的状况。他微笑着，想了想，然后灵感来了，仿佛找到了最好的解决方法。十分钟后他又出现了，手上端着一碗鸡肉汤，这位老奶奶的汤宛如家中的小小医院，热乎乎的，令人心旷神怡，还有着抚慰作用。

29 大头或十字

我觉得身体好多了,阿卡普尔科那条鱼的毒排除了。我睡了整整十个小时,很久没有这样了,我在各式各样的梦里得到疗愈。

我起身,试图摇醒安德烈,他整个人平躺在床上,眼睛睁开,非常专注的样子,或许我生病对他造成的打击比我想象的还要大。

我从袋子里找出他写过的字条:

父:我觉得你这几天话很少。
子:我的头脑里乱糟糟的。
父:你的头脑里乱糟糟的,发生了什么事吗?
子:我看到字我没有办法说出来。
父:你还有其他担心的事吗?
子:我担心无法控制自己。焦虑如果不能控制好你会讨厌我。
父:别这样,安德烈,我们不要那么夸张地用到"焦虑"和"讨厌"这样的字眼。我们试试用不抱怨的方式来回应吧!
子:爸爸你不有惊慌。我不舒服。觉得自己是黑羊并不轻松。
父:你会看到我们能克服这个问题,我会在你身边帮你。
子:谢谢你对不起。安德烈想要说话。我没有办法说出那些字。我

如果我拥抱你，请不要害怕

不舒服。

　　父：你身体也会不舒服吗？

　　子：头会疼。

　　我拍抚着他，问他是不是头疼了。

　　"不是。"他干干地回答。

　　"你还好吗？"

　　"是，好。"

　　但是当我们一出门，他又冲出去把树叶弄碎，好像要找寻藏在其中的东西。

　　我抱着他，告诉他："知道吗？我好了，我们又可以开车了，你很喜欢坐车啊……"我在广场中央铺着石头的地面上摊开我们那张大地图，指给他看危地马拉的位置。我们专注于研究地图，吸引了一群荷兰人，他们是几个高个子青年，留着粗短的髭须，手上都有地图。或许他们以为遇到了旅行专家，于是跑来问我们要怎么样穿越中美洲，怎么样沿着安第斯山脉纵游，那些建议对我们也很有用。他们表示受够了荷兰的低地势，想要体验这里的稀薄空气和缺少氧气的感觉，也想向玻利维亚的印第安人挑战4000米赛跑。他们大笑，因为知道铁定败北，而我们也没有能力和他们较劲，我们的肺和腿都不行。我们赌20欧元，我不看好荷兰人，当然不是因为没信心。如果我们会再相遇，再来看看结果。

　　"你们要去哪儿？"他们问。

　　"危地马拉。"

　　"然后呢？"

　　"看看吧，巴拿马挺吸引我们的。"

　　他们摊开地图，手指在上面滑动，指向首都，指向国界：洪都拉斯、尼加拉瓜、哥斯达黎加、巴拿马。荷兰人决定去尼加拉瓜。

　　"祝你们好运！"

　　我们互相道别。

　　瓦哈卡晚间的街道令人非常愉快，到处有舞蹈，不管在室内还是在

29 大头或十字

搭建在广场里的舞台上,四周都有人弹奏着乐器。

我们舒适地坐着,我告诉安德烈,搬到墨西哥的朋友洛伦佐,不断传信过来游说我们,要我们在浪迹的旅程中也去他居住的城市土伦。我打开地图,说:"也就是说,我们可能会再去墨西哥……从危地马拉再北上,沿着海岸线走。如果不要的话,我们就继续往南走,一直到巴拿马。你认为呢,安德烈?"

"好。"

"你是指哪一个好?"

"不好。"

"我们不要去土伦?"

"不好。"

"我们去,好还是不好?"

"好。"

就这样,"好"和"不好"轮番交替了好几分钟,完全没有结论。

"我们要不要来丢铜板决定一下?"

"好。"

"太棒了,安德烈,我们现在就来丢铜板。"我跟他说。大头就是继续往南,十字就是往北返,去土伦。安德烈丢出铜板,结果是十字。土伦!我们得回墨西哥。安德烈,你为我们的旅行加了一股很棒的推进力:危地马拉、伯利兹、再一次墨西哥。我梦想着会有辆前往巴拿马的公交车……

30 从墨西哥到危地马拉

往墨西哥市的飞行非常棒。

我们准备登机飞往危地马拉城前,在机场随意吃了些东西,走往登机门的时候,安德烈向我要毛衣穿。真怪,天气一点也不冷,他却能穿着毛衣。

我们静静坐着等候,就像在等待岩浆喷发的世界纪录一样,安德烈却开始吐了起来。这太突然了,完全没有任何征兆,于是我变得慌张起来,他病了,他眼角溢着泪。有个女孩走过来,给了他一些水和一块口香糖,其他人则觉得恶心,都离得远远的,工作人员过来清理现场,我让安德烈平躺在椅子上,用所有能说的语言向大家道歉,同时也发现已经开始登机了。这个混乱的状况把我搞疯了,但不过才几分钟,他就像是从手术室里走出来般,比进去的时候状况更好,他醒了过来,微笑,眼睛清醒有神,还能开玩笑。

"可恶的大骗子!"我对他说,好开心一切都过去了。

我应该对这种事了解得更多些,无疑,感觉有点冷就是一个征兆。也许他吃东西吃得太急,他总是这样,让你挂心,有点焦虑。

在飞机上,我们靠在一起,等待着危地马拉。

飞机降落得顺畅又平静,我们是第一个到海关的,机场工作人员都

30 从墨西哥到危地马拉

很和善、亲切，就连最简单的事都会帮我们处理，还快速地帮我们找到一辆出租车。

不过，我们短短几个小时后就告别了危地马拉城，全速奔向旧都安提瓜，我想象这就像是和一位美丽的年长女士的邂逅。"'危地马拉的骑士圣地亚哥之至尊贵、至忠诚的城市。'[42]上面是这样说的。"我一边念导览折页，一边对安德烈说，"想象一下，这些字要是放在汽车号码牌上[43]，那可会整片塞满？"

途中有一个小时，我们被一团感觉像是浓雾的低云包围着，这阵风暴是充满极细水滴的雾气，身处2000米高度的地方，这样的湿气让我们很后悔没有长鳃。

安提瓜这座城市从惊人的地震中重生，但没有被完全放弃，仍然充满魅力——深色的石砌街道、路旁的棕榈树、柱廊、一层楼的平房、喷泉、公共洗涤池⋯⋯连旅馆都是改造过的老建筑。我们选择了一家位于市中心的旅馆，这座建筑具有殖民地风格，搬运工和服务员看起来都像是从电影布景中走出来的。他们带我们到一间巨大的房间，墙壁和窗户都像是为巨人而造的。

雨下个不停，我们却出去逛了，在柱廊下躲雨时，安德烈尾随着两个人。他们看起来很幽默，无声地做起了鼓翅的动作，打响手指，像蟾蜍一样地鼓起两颊。那是两个会说西班牙语的美国人，根据其中一位先生的说法，不想说英语是因为他们是前美国中情局探员。我笑了，心想，我敢打赌我们遇到了两个爱说笑的人。于是我回答："安德烈也是中情局探员。"那位女士怀疑地盯着他，惊讶地说："真的吗？"他们邀请我们一起找个地方喝饮料。"没错，他在中东的军事行动中，被调

---

42. 安提瓜的西班牙文Antigua Guatemala，正式名称为"危地马拉的骑士圣地亚哥之至尊贵、至忠诚的城市"（西班牙语：La muy noble y muy leal ciudad de Santiago de los caballeros de Guatemala）。安提瓜曾为西班牙殖民时期危地马拉的首都，因1773年的强烈地震将之夷为平地而迁都危地马拉城。重建后的安提瓜仍保有殖民时期的色彩，是一座美丽的小城市。
43. 美国旅行的路上所看到的那些车牌，见第8章、第14章。

派在伊朗年轻人里做卧底,教他们一种以颜色作为基底的密码,看他们如何悄悄做某些事。"这两个人非常谨慎地听着,然后问:"你是指一种标示在颜色上的密码,用来战胜什叶派的压制吗?"

"当然。"

安德烈此时坐在餐桌主位,左手放在脖子上,加深了他可能是个17岁秘密探员的些微悬疑性。

"所以,"那个男人说,"我们能看看这种色彩密码的范例吗?"

"安德烈,这位先生想要看看你的神秘密码。"但他没有说话。"我不知道他现在有没有……"我找来一张纸给安德烈,他便将之撕成碎片。之后,我向店家借来一枝奇异笔,他就开始做出许多不同密度的点。

"我们就把这些纸片撒在德黑兰。"我补充说,"每一张碎纸片上,都有一个数字,由黑点和白点确切明示,这就是密码。它们看起来像是被丢弃的废纸,实际上却藏着自由的信息。"

两个美国人一脸狐疑,抿着嘴,试图数那些小点。我们全都在这个世界上四处漫游,全都在寻找故事。

外面的雨仍继续下着,天也已经很黑了。

回程的时候,我们漫游着,经过许多喧嚣的场所。安德烈开心地跳来跳去,由于太开心,他在一个饮食场所前跑去抱了一个年轻小伙子,还搋了他的肚子。这个举动又快又突然,让那个年轻人吓了一跳,反应有如生命遇到危险般,使出全身力气殴打安德烈,还把他抓起来压倒在汽车的引擎盖上。安德烈没有开口,也没有发出任何警示的喊叫,在面对决定性的时刻,他总是关闭自己。这时其他几个年轻人也走过来用力殴打他,但他们发现面对的是一个令人恼怒的表情:他那模糊的微笑。

"他是自闭症患者!"我声嘶力竭地喊着。

他们彼此窃窃低语着,推开了安德烈,全都沉默地看着这个饱受惊吓的孩子,除了道歉,也不知道能做什么。

我们远离了那里。安德烈用力搓着双手,动作非常激烈。我搂紧他,安抚他。我跟他说起我小时候跟人打架的事,我忍耐过很多次,然后长大成人,也学会了不需要为无用的事起冲突,但必要的时候还是会

30 从墨西哥到危地马拉

挺直腰杆去抵抗，只有蠢蛋才会为无意义的事打斗。我钩着他的手臂，假装给他一拳，还开玩笑地说："安德烈，我现在要揍你喽。"

"两小下，爸爸。"[44]他跑了起来，我追上去，从后面绊倒他，这应该不算犯规[45]，不过他立刻又爬了起来，我们便这样奔跑，直到喘不过气。

在旅馆里，我想试着让他跟我说些事情。

安德烈在浴室里耗了很久，我听到水龙头开了又关，这样反复了许多次。

于是我只好在那些纸条中寻找，找到一张12月的时候写的。我走到他的床边大声念着：

父：嗨，安德烈，你今天过得怎么样？
子：很混乱。
父：为什么你很混乱？
子：我累了没有管理好安德烈。我控制外面的混乱。我向大家道歉安德烈很坏没有控制的能力。再见爸爸。
父：等一下，安德烈。你知道啊，我们必须为了控制这件事努力。你试着告诉我，为什么你会去摁大家的肚子。
子：我去感觉大家的肚子这样才知道谁跟我比较相近。我到他们那边摸他们的肚子这样我感觉平静。
父：但是你知道有些人不喜欢这样。
子：我感觉到可是如果安德烈不去摸我看到混乱我知道对安德烈来说这样会不安。
父：但是你不能改摸肩膀吗？
子：我喜欢肚子。

---

44. 此处原文due teghe，是意大利北部威尼托地区的方言，因本书主角为威尼托地区人，也是北部人，因此使用北部方言due teghe，指的是小意思地打了两拳，在中文里并不容易找到对应的词。
45. 这里的犯规，是借用足球比赛中球员犯规致使对方球员跌倒的状况。

115

父：你知不知道这样让人觉得很烦？
子：你知不知道我没有办法控制自己？
父：你不应该放弃尝试啊！
子：我每天都尝试在控制好自己。
父：那你能告诉我你做了哪些尝试吗？
子：我必须放弃把很多东西排列整齐我要忍耐一直到我受不了为止这样很不舒服。延长时间就比较好。
父：你对我有什么要求吗？
子：安德烈求助头痛不舒服。
父：你需要怎么样的帮助？
子：要治好我的自闭症。这样子我好累。

我知道，安德烈，我都知道。

31 跟着我

我们要去彩虹和使徒的国度——12个以使徒为名，眺望着的阿蒂特兰湖[46]的村庄。大家都告诉我们，这个地方非常美妙。

天气糟透了，我们走错了好几次路，卫星导航仪非常可耻地背叛了我们。

我们迷路了，发生了一些事，最后进入穷困、破败的地方，沿路是破屋，孩童衣衫褴褛，其中一个人跟躺在地上的可怜人凶狠地争吵着，还当着我们的面踢了他一脚。我们焦虑地询问可以指引我们回到原先路线的信息。这里的人其实很好，虽然腰间挂着晃眼的大刀，却很努力地在这块原本也应该受到上苍赐福的土地上指引我们。我们跟着指示，没让自己受到山崩与土石侵入车道的打击。还有什么会发生呢？这里一大半土地似乎都被一个疯狂的巨人摧残着，另一半土地则是在一大堆弯道、浓雾和大雨中出现又消失。

"安德烈，这里不是散步的好地方。"我脱口而出。

---

46. 位于危地马拉高地的火山湖，被认为是中美洲最深的湖泊，也是世界最美的湖泊之一。湖的周围有14个玛雅村庄，其中12个村庄以圣经中的12个使徒命名，因此也被称为"使徒的国度"，居民至今仍延续着传统的玛雅习俗。Atitlan这个词据说在玛雅人的语言里意思为"彩虹汲取颜色的地方"。

"散步地方好好。"他也在观察着。

前面的桥垮了,没有任何警示,幸好我们很快地减速,没有掉进深渊里。我在深渊前几米处,睁大了眼睛,觉得这一切真不可思议。也许这附近还有更危险的地方,但也许这个断桥已是最危险的。这时候我才感觉到有点害怕,我们会死在哪里?

我估计湖泊离我们不会很远,还有50多公里。我们下车,看着那无法越过的障碍,安德烈丢了一个石子。我停下,对他说:"我好像听到有引擎的声音。"有一辆旧旧的吉普车疾驶过来,我挥手告知其前方有危险,但车完全没有减速的迹象。完蛋了,一个想自杀的疯子!"快闪,安德烈!"美制刹车系统,从那辆吉普车上探出一颗男人的小头,怀疑、探询般地打量了我们好久后才开口说话。

"发生了什么事?"

"先生,我们迷路了。这边的路坍塌了,请问我们要怎么样才能到阿蒂特兰?"

车上的这个家伙冷冷地笑着。他一定在想,打哪儿来的孬种观光客啊?他以一种不屑的姿态回答我:"跟着我,跟着我。"要相信他吗?我们有其他选择吗?我看看安德烈,决定跟他走。我们开车跟着他一路走到一条从桥底下穿过的泥土小径,然后他再也不管我们,笔直地以高速将车往水里开。我的天啊!我心想,这可不是单独自杀,这根本是抓人做伴一起死嘛!他要去哪儿?

我看着他很危险地远离我们,我们很可能更孤立无援地继续留在这里。好吧!那就往前走吧!那个人已进入河中,我吸了一口气,做最坏的打算,瞪大眼睛,脚跨在油门踏板上,准备跟着往水里去。那个疯狂的驾驶员已经冲过河水抵达对岸。河床很低,或者看起来很低。

"安德烈,我们要怎么办?一,二,三,冲啊!"我们像海军陆战队操练一样地冲锋,试图跟随着前一辆车以相同的路径前进,我们过了,但是是憋着气过的。我走近那个人,看到他笑得很满足。"可恶!"不过他救了我们一命,还陪我们抵达目的地,然后才离开。

31 跟着我

我们隐约在阿蒂特兰湖边看见那些村庄，放眼望去，直到圣地亚哥[47]，尽是混杂着悲惨和不幸的超凡美景。下个不停的雨装点着灰灰的房舍，雨水让湖面涨高，淹到岸边和码头。一群妇女在淹水的人行道上涉水前进，安德烈忍不住跟了过去，脚都湿了，他像一头试图围捕一群海豹的幼鲸，不可避免，他引起了他人的注意，有个男孩表示要充当我们的向导，他激起了我本能的信任感，或许我们真的需要一个向导。

这位偶然遇到的向导带着我们去一处简陋的小屋吃三明治，咀嚼食物融化了我的些许紧张感，他告诉我们，几个月前一场山崩摧毁了许多事物，也夺走了许多人命，其中还有许多小孩，连他的嫂子也和六个小孩一起罹难了。我一点也无法相信会有这样的不幸发生，甚至怀疑他可能在说谎，是那些特地为我们这种从富有世界来的过客所编造的谎言。

我们有点受到打击，但仍决定继续前往奇奇卡斯特南戈，那个城市以市集闻名，除此之外，我对它一无所知。

我们询问信息，到奇奇卡斯特南戈需要三个小时，之后还要一个小时，然后大约走十几公里，还要再四个小时……完全听不懂在说什么，每个人各自说出不同的版本，没有人肯承认自己不知道，于是把当下自己心里闪现的第一个念头讲出来。他们东拉西扯，好像用手在丈量空间，问你车能跑多远，还会问你赶不赶时间。或许这是一种拉丁美洲效应，每当有人提及时，那些城镇就会移动一下，所以在下午4点钟时距离8公里，在5点钟时距离30公里，时钟和城镇总是不停地在跑。

我们抵达奇奇卡斯特南戈时天已经黑了，也立刻在这里遇到一个年轻人，我们太容易被辨识了！这里有很多年轻人在等待着观光客出现，好让他们可以充当向导。我们的向导自我介绍，他叫维托里奥，18岁，是真正玛雅人后裔。他非常开朗，很快把我们带到一家可以在那儿吃晚餐的旅馆，向我们建议第二天早上的轻松行程。他是我们在这个地方感到迷失时（第一次有这种感觉）的救星。

维托里奥介绍我们下榻的旅馆是18世纪的修道院改建的，相当美

---

47. 阿蒂特兰湖畔数个村落中最大的一个。

丽高雅，有个看起来像暖房的露台，装饰着九重葛花丛，停满鹦鹉，自由自在又色彩缤纷。它们突然鼓动翅膀，强力拍打着，然后转头观察我们。我们走上两旁是石刻修士的楼梯。房间里甚至有壁炉，晚上就会点燃。这个地方真是令人愉快又奇异，我们把背包放在床上，安德烈马上跑去把抱枕、椅垫全排列整齐。

前面的道路状况如此不确定，让我亟须找人询问我从地图上研究出来的路线。旅馆柜台有个叫古耶莫的年轻人，他会说一些意大利语，也是兼职导游。他告诉我，我们要去玛雅神庙的计划行不通，道路被洪水冲断了，他建议我们改变行程。我们之间建立了信赖，最后我、安德烈、维托里奥和古耶莫，一起出去吃东西。

我们聊着玛雅人在这个地方留下了很深的足迹的同时，安德烈也替所有服务员配上了各种色彩。我听到许多关于火山、舞动的大地、游击战以及古老的身份的故事。

"突然间，刀子、盘子、水等全都变成了玛雅语言里的单字。"维托里奥解释说，玛雅语是镇上老人们沟通唯一使用的语言，尤其是巫医。我很疑惑地问："巫医？现在还有巫医啊？"他们很激动地说："光是在奇奇卡斯特南戈，就有300多人，他们每天都在不同的地点做仪式。"

我们全站了起来，维托里奥用玛雅语吟唱着一些小调，我们一起出去，走进黑压压的夜里。没有任何光线，没有星星，也没有月光，仅有的一些闪光是来自于临时搭建的炉灶，人们在地上煮食物，为明天的市集做准备。微微细雨下个不停，让人不得不穿上雨衣，致使我们无法看清楚路上所遇见的一切。我们正沉浸于这个世纪之中，看似很迷人，但我却感觉很危险。我在黑暗中停下好几次，触探安德烈的身体，以确定他在我身边。衣衫褴褛的人向我们要东西，有个老人让我印象深刻，因为他赤身裸体，只用几个撕开的塑料袋当作是长裤和上衣。

他看着我说："嘿，先生，晚安。"

"晚安啊，您叫什么名字？"

"我叫巴蒂斯塔。"

"一切都好吗？"

31 跟着我

"感谢上帝,一切都好。"

"对不起先生,我不想冒犯,可是我看您好像……"

"先生,可能会更糟吧,如果有东西吃就会比较好。您知道,有些奢侈品不需要太多,不过常常连……"

"他们在这里煮肉、烙饼,您尽管吃吧,我请客。"

我们和他聊了一下,他说他43岁,比我还年轻,却像是风干的皮包骨,牙也没剩几颗,那个躯体里可能空气多于血肉。他吃得非常慢,像是为了不错过食物的味道,而且眼神黯淡。

安德烈在躲着我,我必须不时盯着他。今天对他来说不是顺畅的一天,当感觉不到他在身边时,我却没有很惊慌,然而他今天比往常更沉默,话非常少,也很频繁地伸手摸东摸西,把所有能到手的东西全都扯坏了。

我问自己,是否我们穿越过的这个世界,对他来说太过浓密、太过沉重。北美洲是个拥有大片空旷虚无的大地,就某些较单纯的方面而言,在那里,感官上的冲击会比较纯净。这是一个扑朔迷离的星球,天知道它接收了多少感官刺激。

我们回到房里,火炉已经暖和了房间。我们在火炉前听音乐,我亲吻他,拥抱他。晚安,安德烈。

32 巫医

色彩、色彩，到处都是色彩，这就是维托里奥承诺给我们的大市集。阳光大放，雨也不下了，我们再也不需要鳃了，土地也凝固、紧实，变硬了。

在我们四周，人们拥抱、呼叫，友好地招呼，充满着一种我们所不熟悉的团体情谊。在这里，可以呼吸到和平的气息。你看，节制且朴实的人们看顾着他们的商品，人们买东西、问事情的时候，态度也很恭敬。

经过昨晚在餐桌上的讨论后，维托里奥很想带我们去看巫医举行仪式的地方。那些仪式在一个教堂里依稀可见，小小的祭台、灯光、烛光、罕见又难以理解的手势，充满着灵性。

那是一种很强烈的情感触动，连安德烈都感受到了。

维托里奥注意到我们很感兴趣、很开心，于是带着我们往山丘顶上走，沿路穿过许多摊贩和牲口。我们进入一群安静的人里，我想知道我们是否可以参与某些仪式。维托里奥并不确定，因为现在有点晚，而这些仪式通常都是在黎明的时候举行，刚刚才结束。事实上只留下了一些痕迹，人们还相当专注，蜡烛也还点燃着。

维托里奥一心想要我们和巫医见面。我完全不知道真正面对一个巫

32 巫医

医时,应该如何介绍自己。维托里奥说得那么慎重,让我感觉犹如要去见国家元首,我想象他耀眼突出、朴实高雅,住的地方就算不豪华,应该也是颇重要的地方。

但相反,我们来到一个约两米乘四米大小的简陋小屋,地面是泥巴和石子。通常这样的空间,我们会当成小仓库,在乡下,人们则用来当作放置工具、一篓篓马铃薯或整袋肥料的置物间。维托里奥带我们进去,我们站在门边,看见一位老先生正在治疗一个妇女,就像过去的治病者[48]所做的一样。他很客气地问我们有什么需求,尽管他的态度谦卑,眼神却强烈得像磁铁般吸引人,我发自内心地请求他:"我想为我的儿子做一次治疗仪式。"那个巫医看着我,让我知道他必须问我很多问题。我说西班牙语,他说玛雅语,由维托里奥翻译。

"你的儿子叫什么名字?何时出生?母亲叫什么?这样的情况有多久了?他还有兄弟姐妹吗?他都吃些什么东西?他听得懂大家跟他说的话吗?他画图吗?他写字吗?他睡眠够不够?他是平静的,还是很暴力?他让人抱吗?"

无法控制冲动时要马上关起来、诊断、病历、药物、脑波检查……我简单扼要地讲述一些重点。

巫医很谨慎地听着。

"那么,请以做父亲的角度跟我谈谈他……"

那句话让我感到诧异。我没有每天跟安德烈相处的困难的记录或报告可呈现,但我大声且肯定地宣告:"我非常爱他。"

巫医静静地咀嚼着我的话。我环视整个房间,到处是些奇怪的东西,翻旧了的书也四处散置。我读了一下那些书名:《玛雅历制》《巫医宝典》《冥府之书》《玄学》《黑巫术》……我们最后会怎么样呢?

他再度转向我时,跟我约定了仪式的时间:两个小时后在墓园附近。"在墓园?墓园?"我转头望向四周,看看维托里奥,看看安德烈,"确定吗?"没问题,因为这里的墓园跟我们那边的墓园不同,是

---

[48]. 此处原文为manipolatore,指的是以非医学方式,特别是宗教信仰方式进行治疗的人,通常是以手的接触为治疗方法,中文亦可称为巫医。

如果我拥抱你，请不要害怕

一种完全不同的概念。总之，我觉得很糗，更何况巫医非常严肃、泰然。维托里奥连眼睛都没眨一下，安德烈也没有。

"安德烈，我们怕什么？"

"什么也不怕，爸爸！"

"好，那我们就做了！"

靠着维托里奥的帮助，我记下仪式所需的东西，包括鸡蛋、雪茄、烟、蜡烛、几种不同的油、酒、香水，于是我们赶快前往市集采买这些东西，不然天气会愈来愈热。我小心地选择每样东西，鸡蛋必须是新鲜的，我喜欢彩色的蜡烛，询问油的质量、烟和雪茄的品牌，也嗅闻不同的香水。

我把东西装满了两个袋子，疑惑地观察着我所收集来的怪东西。有何不可？我回想着我们为了改善安德烈的状况曾做过的千百种尝试。我们一点也没有省钱，不只敲过医师的大门，也走过更迂回的旁门小道，我们总是怀着很大的希望。我甚至也无法细数失败的次数，但我们都没有被打败，还是往前看。这个仪式会从我们过去所做过的那些事里取走什么？或者会再加上什么？只有天知道。

时间快到了。通往墓园的行程是缓慢的，我们一个接一个成单行列队前进。我觉得胃部紧缩。走上山坡时我才了解到，我们所走近的并不是一个哀伤的地方，这里不仅仅只是一堆埋着往生者骨头的黄土，这片土地仍由山顶上的死者主宰着。那个墓园是一个小小的村庄，有街道，也有花园，还有彩色的祭坛。这里很拥挤，有许多人围绕着死者的居住地，来参加仪式的其他人从各处走来，空气中充满着颂歌与祭祀的祈文，不时还会听到有人燃放烟火的爆破声，大家都很兴奋，但没有惊恐，我们宛如进入一个超现实的状态里。

维托里奥带我们到巫医面前。好多人去问候他，并亲吻他的手。他没有显出对谁特别偏爱，相反，有一个短暂的片刻，他特地向所有人做了一个手势。他很安详、和蔼，对我们微笑，通过维托里奥告诉我们，我们得先在他的祭台前面静坐冥想，也就是内心要净空。我不知道这对

32 巫医

安德烈来说是不是有可能做到，不知道安德烈是否真的能让那列让他思绪游走的云霄飞车速度慢下来……我慢慢地对他耳语："安德烈，把你的心净空。"之后我们就保持安静。

巫医生起了火，慢慢把我们准备的东西放进火里，火焰中有些东西噼啪作响，闪出火花，他开始祈祷。他为我们祈祷了许多次，我担心这是问题棘手的信号，祈祷的次数之多，也透露出所需尽的努力超越能力可及。他将香水洒在安德烈的头发上，要他把手放在闭着的眼睛上，我感到安德烈睫毛在颤动。巫医邀我吸一支巨大的雪茄，我没吸过这东西，因而差点呛到。要是有人这时从外面观察，穿过烟雾和声音，会看到我们专注地坐在一棵大树阴影下。我必须再次让安德烈把眼睛闭上，巫医也第三次在他和我的头上喷了酒。

三个小时过后，我们像从很深的河床爬起来一样，身上混合着尘土、汗水、香水、烟、酒、焚香、唾液，还有其他谁知道会是什么的东西。安德烈自由了，他终于可以动了，他观察燃烧着的炉火，找了一些小石子和零碎木片，把它们都扔进了火里。我不知道该如何描述他的眼神，那是专注、明亮的，但我却无法了解。我们和巫医拥抱道别。

走下墓园的山坡时，我走在队伍最后。那种能从远处观看的经历，会是一种心理暗示吗？只需要点着蜡烛、聆听祈祷、感受近旁的他人，就能够改变我们的心绪吗？真是奇异。要是我们本来就住在这里，我们会经常去尝试吗？或者因为我们终于能够在这充满算计和理性的生活中打开一个缺口，我们才得以去尝试？它之所以能发生是因为我们容许自己休息，改变生活节奏吗？

道别的时间很长很长。

我们再度沿着泛美公路前进，沿着道路边缘，依旧是房舍和屋棚、坍塌的土地、改道的告示。我们又回到了安提瓜，这次我们选择了一家新旅馆，存车，买了明天到巴里奥斯港小巴士的车票。我们从那里再搭船到利文斯顿，这是在奇奇卡斯特南戈晚餐时就决定的。古耶莫告诉我们，利文斯顿是个种族熔炉，有很多居民是加利弗那人[49]，那是个因早期非洲奴隶流放而形成的迷人混血种族，而那里是从加勒比海岸北上转往土伦的最佳地点。

"走！我们去认识加利弗那人。"我对安德烈说，"你知道吗？自由，受支配，再得到更多自由，这是一种循环。"我解释这表示在生命中还是有些可能性存在。

再少一点被支配，我们办得到。

---

49. 加利弗那人是在17世纪时因为反对英法的殖民统治，而被流放到西印度群岛的圣文森的非洲后裔，他们主要散居在中美洲加勒比海沿岸，如危地马拉、尼加拉瓜、伯利兹、洪都拉斯等国的几个城市，至今仍保有其传统语言和文化。

33 登陆利文斯顿

安德烈正想方设法地填塞背包,他拉开拉链,拉上后又立刻打开,并根据他自己的原则又挪动一些衣物。突然,我一股火气上来——怎么可能连一件毛衣都装不下,怎么可能?随后我冷静下来,开玩笑的啦,我自己也把一些东西挪了又挪,背包打开又拉上好几次。安德烈因为我夸张的重复举动而笑着。

我们把行李搬出来,有辆小巴士正等着把我们载往巴里奥斯港的巴士站。其他旅客包括三个年轻的丹麦人和两个澳大利亚女孩,他们都已经准备好了,剩下两个座位是给我们的。我坐在司机旁边的位子,安德烈则坐在那两个女孩附近。他很快就征服了她们,全程都受到她们的关注。

不过才走了半公里,我就发现装着钱、电话和文件的背包不见了。我皱着眉头想,应该是在安德烈那边吧!"你把那个包放在哪儿了?"他以一种非常无辜的眼神看着我,而其他旅伴们也看着我,好像在说:"打包时你在哪儿?"好一个钢铁般的同盟!我拍了一下脑袋,向后转。

一个小时后,我们抵达巴士站,应该说是大巴士站,因为和我们先前搭的巴士相比,这些车又胖又大,还冒着气。售票处大排长龙,前进得很慢,不过还算有秩序。只不过开往巴里奥斯港的神奇巴士在下午1

点钟就要开车了,时间只剩下几分钟,我们根本赶不上。我想我们的表情应该是很悲惨吧!不知道从哪儿冒出一个穿着白上衣、黑长裤,脖子还挂着卡片的男人,他问我们要去哪里。"去巴里奥斯港吗?你们别紧张。"于是他匆忙地跑去阻挡巴士,请司机等一下,接着他又跳过人龙,飞奔到售票处,然后把背包搬上车叫我们上车,我真应该加倍报答他。

时刻表上写着,搭巴士要五个小时。后来安德烈移到后面的座位,我还是坐在前面,我们彼此渐渐分开,一路上我们一直分开着,直到目的地。那段从出发开始的路程,是我们分开最长的时间。巴士把我们放在一条通往码头的大马路边,当地人称那里为mulle(西班牙语:码头)。

我们背起背包又走了一小段,长时间坐车加上座位狭窄,让我们的腿酸痛麻痹,天气也热得让人受不了,唯一消暑的东西是一个位于码头底端、用整桶水泡着饮料的小摊。还好出发的时间马上就到了,我们就要在浪头上冲刺,像火箭一样疾驶了。

我们没有走陆路到利文斯顿,国家公园和保留区包围着它,要穿越很麻烦,所以乘船是到那里的唯一方法。码头上热闹非凡,旅行者们忙着解开行李,船身摇晃。当大家急忙下船时,安德烈却不知道该怎么下船,于是他摩擦着双手,站在绳索旁,紧盯着水桶,我们看来有点麻烦了。这时,有个满头拉斯塔发辫[50]的高大男人发现了,他跑过来帮忙。他先搬下我们的背包,并立刻发现安德烈的状况,脸上露出令人放心的微笑,我和他交换了眼神,不需要言语,我知道他就是我们的救生圈。

"朋友,我叫里卡多。如果你们有需要的话,我可以帮你们找地方住,建议你们去哪里吃东西,介绍你们去最美的海滩玩。"他的笑容很开朗,也令人感觉很舒服。他需要我们,而我们也需要他,我觉得他会是与我们形影不离的庇护。于是我们便将行李寄放在一家漆上彩色的木造

---

50. 一种常见于流行乐手间的发型。这种发型的特色就是紧密纠结成条的毛躁发辫,最初应是非洲人因为水的缺乏,为了防止虫虱生长,而把头发紧密地编织起来,后来渐渐成为流行与个性的象征,也是雷鬼乐乐手常见的发型,在意大利文里称为拉斯塔发型。

33 登陆利文斯顿

旅馆里,跟着里卡多开始到市中心探险。到处都是肤色黝黑的人们和牙买加氛围,鲍勃·马利[51]主宰着橱窗和公共场所。

晚上,里卡多邀我们跟着他一起去参加音乐会,有个团体在演奏,有十几个客人,还有啤酒和轻松自在的气氛。人们像外皮一样包围住安德烈,他也投入那样的融合中,去触摸别人,也被人触摸,整晚蹦蹦跳跳,尽情拥抱和亲吻任何他想要拥抱和亲吻的人。

在这里,人们的亲近更胜于所有宣称进步和文明的地区。

---

51. 著名的牙买加创作歌手,也是一位反种族主义的斗士,其创作常受牙买加社会运动的影响,作品中常见主题包含爱、宽容与信仰。他将牙买加的雷鬼音乐成功地带进了西方摇滚与流行音乐中,对许多西方乐手产生了极大的影响。

34 正向频率[52]

早上7点,安德烈已经起床,他散发着能量。电脑整晚没有关机,许多东西涌进我的脑海。"安德烈,我们来写点东西吧!"我对他说。我的语气很坚决,也拉好椅子,他很自在地坐下,我在他后面。我轻轻提起他的手,试图把握住这个像气体般难以捉摸的接触,我在键盘上打下:

安德烈,跟我说说在巫医那边的经历吧……

安德烈的手移动着,敲了胸口,然后滑开,缓慢却毫不迟疑。

子:人的精神都是一样的我也变成和巫医相同。
父:那你感觉到什么了吗?
子:被喷得全身都是我觉得伤心肚子痛。

我的心跳加速,但心情轻盈得像只蜻蜓。此刻,当安德烈打字时,

---

52. 英文为Positive Vibrations,是牙买加雷鬼音乐鼻祖鲍勃·马利一首歌的名称。内容非常简单,叙述了拉斯特法里信仰,鼓舞人们以正向愉悦的态度面对生活。

34 正向频率

我闭上眼睛,然后又充满惊奇地睁开,感觉有个像脐带一样的连结。

父:那你能说说那个仪式的经历吗?
子:太远了我感觉到他们全部的灵魂。
父:你感觉不好吗?
子:很强烈不过是很独特的经验。
父:所以你的回答是……
子:现在很好。
父:那,在那边不好过吗……
子:是很好的回忆。

我知道他会巨细靡遗地记住每一个细节,因此我写下:

父:那新奥尔良呢?
子:有音乐的街道美好的散步在有大河的城市薯条好吃。
父:那所有你吃过的热狗中,你对它们有什么意见?
子:热狗味道很好。
父:你当时把魔术棒留在新奥尔良的旅馆……有什么动机吗?
子:安德烈和爸爸的美好回忆留在那里我们明天就去把它拿回来。
父:你是不是为了谁而把魔术棒留在那里?
子:放在那里为了爸爸和安德烈我们再去的时候。
父:那你觉得我们明天会回去吗?
子:不会。安德烈想要再回去。
父:那你觉得路上遇到的人呢……
子:有很多想法,对于路上遇到的人对于安德烈看到和感觉到的街道。
父:要不要举个例子?
子:爸爸自由的思想有麻烦的儿子的责任,爸爸生活在探险中。
父:那你觉得阿马利罗旅馆的主人夫妇如何?
子:我们回去房子很漂亮的先生那里。

父：你觉得他们两个人如何？

子：亲切又寂寞他们觉得我们是疯子。

父：好，那现在告诉我丹佛的女狼俱乐部吧！

子：好棒的地方我很喜欢你也很开心。

父：那个你跟他成为好朋友，长得又黑又壮的保安……

子：肌肉好大心地很好我的好朋友。

父：你认识的金发女生呢？

子：漂亮的女生对爸爸和安德烈很温柔。

父：那个晚上你感觉怎么样？

子：拥抱和亲吻。黑夜和笑声。我喜欢在城市里散步。就这样。

父：我们骑了500公里到了灯光闪闪的拉斯维加斯，你感觉像什么？

子：长途旅行很棒到赌博的城市。

父：你最喜欢拉斯维加斯的什么？

子：女生漂亮很多光很多人去城里追求好运。

父：安德烈，我想知道在埃斯孔迪多港那天晚上，我生病昏睡的时候，你是怎么过的？

子：我星着。[53]

父：你一直都醒着吗？

子：我醒着照顾你。我知道睡觉你就会好安德烈就在旁边。

我觉得轻飘飘的，因为这些话语而醉了。这样经过多久了，一个小时吗？将近两个小时。

安德烈摸着手指。

内心满是平静，于是我们下楼去喝气泡水和咖啡，然后前往海边。

有一辆小篷车靠近我们，是里卡多，他带着一个女子，说是他的亲戚，这个女子还领着一个小女孩，肯定是他侄女。这个奇怪的三人组合要陪我们去一个神奇的地方，那里有七个瀑布，水的能量和大自

---

53. 此处原文保留了错别字。

34 正向频率

然的美在那里交融。

沿路上我们遇到一群一群走路摇晃、神情恍惚、手臂下垂的人们。我小声地说："这些人喝醉了。"但里卡多激动地说："是巫毒教徒。四天四夜和精灵相伴。"我说："好可惜，安德烈，要是我们早一点来就能参加了。我们的行程表缺了这一项，对吧？"里卡多转身对我们说："跟我来！"我们转往另一区，那里植物丛生，直到我们到达一个由几间小茅屋围绕着的大茅屋旁。那里有一些人，有男人、女人，还有小孩。里卡多询问他们，请他们解说他们的经验，他完全不希望我认为我所看到的只是平凡无奇的宿醉。事实上，那些人说他们不是出于自己意志喝掉所有的酒，而是因为精灵。是精灵占据他们，强迫他们耗尽每一滴能量。当精灵决定要让他们回到原来的位置时，身体才能恢复正常，像是从来没有发生过任何事一样。

我很困惑，但有个想法出现，让我联想到安德烈在经过混乱、爆发、安静等复杂的情绪后，在突然间变得冷静时呈现出明显的空洞。

这时，从另一些人中跳出一个看起来是领袖的人，他以锐利的眼神远远观察着我们、挖掘着我们。他散发出一种很大的能量，展现出一股吸引人的特质。他想要说话，但眼神立刻又失焦，好像我们突然隐形般，他的话语散失在遥远的地方，随后就瘫在一张吊床上。

"巫毒。"里卡多重复说着，然后便带我们前往七个瀑布。那里真是个豪华的纯天然水疗中心，完全为每一个人开放。我们尽情享受水的按摩，有些水只要跳进去便会感到轻柔的按摩，有些水则是强力的、响亮的，有如妈妈生气地拍打般。我们一区一区地移动，享受水的不同按摩。

里卡多和安德烈玩着泼水游戏，他对安德烈的喜爱很明显，问了许多关于安德烈的事，我也跟他解释，他可以感受到安德烈的思绪。安德烈可以看到我们所看不到的事物，我们只需要倾听他、跟随他。

下午在市中心，我们遇见了利文斯顿唯一的意大利人。他就在自己的餐厅前，从老远一眼就认出了我们。他挥手吸引我们的注意，邀请我们到他的店里，请我们喝饮料。安德烈尽情地挪动所有可以挪动的东西，他则开始讲述他第一次领受圣餐之后的事迹。我好不容易打断他，赶快请他建议我们应该如何到土伦。

"没问题！"他想了想说，"先搭快艇到蓬塔戈尔达，再搭巴士到伯利兹市，或者不要，直接搭船到伯利兹的港口，海关不是问题，我还可以帮你们联络租私人飞机，这样你们也可以到圣佩德罗看看。"

"千万不要错过。"

千万不能错过……

"既然是同乡说的，你们就要有信心！不必担心。"

安德烈抓了一本很豪华的菜单想要带走。"不行，这个不能撕，安德烈。"我说。

我们明天就要离开利文斯顿了。扎着拉斯塔发辫的里卡多有如我们的兄弟，他带我们去认识他的家人。他们对待我们像对待重要人物，十几只手紧抓着我们，眼中充满笑意，给我们各种祝福，不管是牙痛、骨头痛，还是内心的痛，都祝福我们没事。

他们让我相信了不可能。

35 威尼斯的阶梯

我们像锚一样被搁在码头上，等待小艇出航。从上午9点等到中午，等了三个小时。

"停止"这件事如果跟安德烈有关，就是一种有风险的字眼。他在码头上前后左右奔跑，我担心他会掉进海里，担心到心脏无力。可是他却非常冷静，他是个平衡高手，走路不是不看路，就是眼睛盯着天空或两三个不同的景物看。他一跃而起，站在码头边缘上摆荡。"我再也受不了了！"我把他抓回来，抓得非常紧。我问了经过的人："到底为什还不出发呢？"移民局有问题，船长的错，或海关的问题。最后谁也没问题，就出发了。

船上有我、安德烈、两个德国人、两个不知是哪国的金发女郎，还有十来个伯利兹人，他们又高又胖，还颇不友善。他们带着一种有点嫌恶的表情，彼此低声交谈着。我觉得应该是在谈论我们这些观光客。但他们应该也没错，我们看起来可能也不是很友善。

我们上岸、通关后，根据利文斯顿那个唯一的意大利人的指示，搭出租车直奔一个很小的机场。我们预订了下午4点的飞机，之后在市中心的餐厅用餐。桌上有鱼，这让我想起阿卡普尔科的那条鱼，不过我还是放心地吃了，安德烈则吃了肉和马铃薯，配上可乐和啤酒。

如果我拥抱你，请不要害怕

飞机像有四个座位的"小老鼠"[54]，我坐在驾驶座旁边，安德烈坐在后座。飞机像一只胆怯的小鸟，借助于气流滑行，在我们下方是河流和森林起伏的地形。我没有转身去看安德烈，因为我感觉到他静止不动，正让自己随着机身摆荡，我不想破坏这完全宁静的片刻。舒适的感觉像大量细微分子般地散发出来，随后高度疾降，机翼切过空气，往伯利兹市的机场飞去。我们后来再次搭机升空，多了些吵闹的同伴，其他七个乘客拼命拍照，仿佛不拍就会死，因此在圣佩德罗着陆真是一种慰藉。

那个岛很观光化，太观光化了，以至于让人厌倦。我们避免住在太过俗丽的旅馆，一家接着一家地挑三拣四，直到找到一家位于海滩上的高雅简朴的旅馆。晚上吃比萨的时候，安德烈轻抚和亲吻两个伯利兹的女孩，他的动作非常平静、安详，好像这是件再平常不过的事。那两个女孩也问他是不是就像电影《雨人》里的主角，能记住一大堆资料，也能计算天文数字。据我了解，对很多人来说，这就是对自闭症患者唯一的认识。

于是我们玩起游戏，我们两个人装腔作势，像是马戏团里的吹牛大王。我说了很多意大利和威尼斯的事，正跟安德烈靠着他的神秘小点[55]，进行着一个很重要的计划——为威尼斯所有桥梁的阶梯编号。万一哪天那些居心不良的人偷走了某一座桥的台阶，当局就能依赖我们所做的研究，立刻察觉出来。我说，我们正在拯救威尼斯的阶梯。女孩们笑了起来，被逗得颇开心，或许我们两个人看起来真的很像走钢索、玩杂耍的人，衣服皱巴巴的，看起来也有点疲倦。安德烈闪烁的眼睛又快速偷瞄了一下，像是要述说很多很多事。

我们离开后，我看见安德烈很有自信，于是不时要他决定我们要前往哪个方向。"你来带路，我们要怎么走回旅馆，安德烈？"我问他。他回答我："一直走到底。"

"左边还右边？"

---

54. 指的是意大利汽车公司于20世纪30年代起，由当时的总理墨索里尼指示研发生产的一款售价低廉的国民车。此车型号Fiat 500-A，绰号为"小老鼠"。
55. 见第30章。

35 威尼斯的阶梯

"走右边。"

我跟着安德烈走,每到岔路或十字路口就由他来决定方向。他总是决定得很快,有时候似乎很正确,有时候完全错误,害得我开始怀疑我们要迷路了。最后,我们连续三次走到一些很离谱的地方。

"现在怎么办?我们要怎么回旅馆?"我叹口气说,因为我真的完全迷路了。我看到安德烈又肯定地往前走,于是二话不说就跟着他走。其实在他脑袋里有一些地图,虽然对我来说有些偏离逻辑,但我们还是回到旅馆啦!在两个点之间不一定总是要有一条直线……但有时候还是必要的。

有一次我们去参加罗西[56]在一个很大的公园里所举办的演唱会,观众有5万人。在尽情听歌的当下,安德烈不见了!我和一个朋友四处找他,在成千上万的人中开路找人,很快就完全失去了方向。演唱会演到一半,当我们已然气馁,要发短信给等待着的朋友时,我突然看见安德烈的头混在其他人之中,我挤出一条完美的直线,像登上月台边的火车一样,毫不腿软地排开人群冲过去。我们追上他了,最后也是他以精确的逻辑带我们走到了出口。

---

56. 意大利著名的摇滚歌手。

36 伯利兹

圣佩德罗那些不友善的伯利兹人给了我们警告,因此我们也不必勉强自己去忍受当地公共场所的调调。海边也不算很美,但也许是我们自己心情不好的关系,一整天就是无由来的阴沉、灰暗,我们整天都懒洋洋地耗在沙滩上,只在休息时才去小摊吃些点心。

然后我们听见一个很不友善的喊话,讲的是西班牙语。

"意大利人还是法国人?"

我转身,在那当下我无法看见是谁发出这个问话,于是往柜台看去,没有留意到那里有一排面向海滩的低矮椅子。

"你们是意大利人。"我听到声音后就看到了她。她相当矮小,事实上真的非常矮,一身白色泳衣,脸上还带着灿烂的微笑。她正喝着饮料,注意到我的惊讶时,她便起身,走向我们的小桌。

安德烈有点惊慌,但后来还是抱了她,甚至几乎把她腾空抱起。虽是轻微一举,我还是得介入,叫他把人放回原地。

她叫曼诺拉,是在毕尔巴鄂[57]执业的律师,有一半的原因是为了度假才到这里,另有四分之一的原因是为了一项特别的任务。

---

57. 位于西班牙北部巴斯克自治区的大城市。

36 伯利兹

"那还有四分之一呢？"我问。

"四分之一是为了参与一项生物标准化的活动。"

我正在想她说的会是什么工作时，她回答我："不是人权活动啦！"

"是因为我们已经有太多了吗？"

这位律师一听便大笑起来。

"您的儿子是什么状况？"

"自闭症。"

"以我自己这样的体形来说，实在不应该说这种话，可是这真是很不幸的事。"

我的脸整个僵住了，但她也很敏锐，立刻发现了。

"不，不，您千万不要认为我这话是歧视！"

"啊？没有吗？"

"您看，假设您是一只狗，您会不想啃骨头吗？"

"当然会。"

"可是他们给的却是臭烘烘的罐头食品，或是干干的油炸丸子，害得你口干舌燥。尽管你是一只忠实的家犬，你还是有可能因此喝下一品脱啤酒。了解我的意思吗？那是为了我们好。他们喜爱你、选择你、养育你、改造你，于是你被迫接受那些对你有害的东西。你知道各自不同的我们，会跟哪一种'正常性'有关？当然，也包括狗。"

她发表了一场热烈的论述，谈论有关正常性，谈论一种应该仅是常规的事实，也就是说生来正常并不代表往后在质量上就没有问题。"作为一个'正常精确品'只是意味着在使用上的指令所需极少。"

我笑了。有时当我一个人时，会想和朋友出去，躺在沙发上时，也常这样对自己说："没有安德烈，生活实在太容易了。"

她坚定地继续说："那些'正常精确品'，就像所有生活得太容易的人，无法承受多样性，无法真正理解何谓生命中的入不敷出，也不能理解穿着铅鞋跑向目标的滋味。当然，那些可怜的'正常品'也完全没有能力去品尝生命中的某些阻碍。你知道吗？这些人所感兴趣的东西是如此昂贵和新颖，得分期付款购买，自然地，就产生了十几场战争、几颗丢向日本的炸弹、十几次宗教屠杀……为什么没听说过自闭症患者会去指挥一场大屠杀，或是去诈欺，施压于他人？想象一下，一个股东会议或是议会议程里，与会者如果都是自闭症患者，不知道会少制造多少麻烦？"

她一点也不同意人们对他们的称呼："称像您的孩子这样的孩子是残障、身心障碍、有缺陷……这都是些拐弯抹角的废话。我发现一个更清楚的字眼dipendenti[58]。这个词表面上是指他们需要依赖他人，只是有人依赖得多，有人依赖得少。我知道这个世界上有数以千万计dipendenti，但这些特别的dipendenti永远不会，也无法退休。他们没有工会保护，更别说有个合作社来给他们提供保障了。你知道，这些dipendenti不会强把他们的控制权和专制加到这个星球上，他们只需要做些较省力的事，外加几天假期或少许奖金就满足了。"

"我看你真的是在从事人权事务吧！"

"不，我其实在做其他更疯狂的事。"她拿起手上的杯子，一饮而尽。我想，她应该也很能喝酒。她跟坐上去时一样费力地从椅子上下来，并对安德烈眨眨眼，邀我们到毕尔巴鄂玩一天。

"拜拜，意大利人……"

我们又回到海滩上。老实说，在伯利兹，能量没有像在其他地方那样强，这个地方只是中途站，你会说这里什么也没有。有些土地会点燃你内在的火，有些小矮人会让视野看来更开阔[59]。

明天我们会再次上路，明天就去土伦。

---

58. 为阳性名词，单数型il dipendente，意为雇员、从属人员、部属等，做形容词时，则有"从属"或"依赖"的意思。
59. 此处应是改造自意大利的一句俗语：Quando il sole e al tramonto, le ombre dei nani si allungano，意思是指太阳下山的时候，小矮人的身影就拉长了。借以形容毕尔巴鄂的律师虽然很矮，但她的谈话让人视野开阔。

37 我要走了

我们搭巴士抵达土伦,在这之前得先乘船到切图马尔。通过海关时,我心里希望着不要出现太大的混乱。"一切都很好。"直到我觉得已经完成所有等待着我们的事后,我才睁开眼睛。

时间还很早。我打开窗户,让海的气味和早晨的阳光洒进来。"快起床!"我对安德烈说,他正把身体转到另一边,"我们要快点,大船是不等懒虫的!"安德烈一起床就像连环闪电般,他没有再沉浸在自己的仪式中,也没有把东西打开又关起来,他"在"[60]。我们很快吃完早餐,提早赶到码头,替自己安排好靠驾驶舱的位置。船程约一个小时,旅程轻松愉快,只是晒太阳和看浪花。安德烈非常高兴地笑着,我们很开心,我和他还不时拥抱。如果我们的生活可以一直这样……

在切图马尔的码头上,我们火速走完海关手续,除了海关官员一直不放弃搜索安德烈之外,没有任何状况发生。往土伦的巴士发车很准时,一路上摇摇晃晃,门也没有关好,大半时间里,我们都跟着一阵风一起旅行。同车的旅伴们有种专注的气氛,好像这个行程是既重要又艰难的生命抉择。

---

60. 指安德烈从自闭症中回到现实。

如果我拥抱你，请不要害怕

我们要去土伦，到洛伦佐家，因为他以兄弟的情谊热情邀请我们。知道在我们旅行走过的广大土地上有个友爱的小栈，是件很棒的事，它像一个小港湾，让我们得以喘息。能再看到亲爱的朋友，也许是心灵最好的汤药，这样也已足够。

洛伦佐给我的电话号码我打了好几次，但没人接，我这才发现其他联络资料也极少，只有一个地点，以及一家可能是他家附近的旅馆的资料。一如以往，"刚好够用"正变成我们的风格。

我跟安德烈打赌，我们会找到他。

"我们会找到洛伦佐吗？"

"不会。"

"为什么不会？如果我们找不到他怎么办？"

"到海里去游泳。"

非常好。

我们下了巴士，应该是真的迷路了。更糟的是，我们得找到去坎昆机场的方向。车站里的人看见我们站在原地不动，都在观察着我们。我用仅有的资料去问路，得到的只有否定的答案，没有人知道我们要找的地方在哪儿。"去问出租车司机吧！"一个戴着大白帽子的先生建议我们。"这个点子太棒了！可是出租车司机在哪儿呢，先生？"

他不知道。好吧，那现在……

"安德烈，我们现在急需一个出租车司机。"我们往人口较稠密的区域搜寻，发现在一个大广告招牌后面，有个司机躲在车里，正睡得香甜。

连他也没听过我说的那个地点。这时，安德烈绕着出租车周边转，像是要绑架它一样，司机感到很害怕，于是一起加入搜寻的行列中，他摁了几个门铃，问了不同店家，终于得知也许、可能、天晓得有那么一条小路，大约在20公里外，应该有一家我们要找的旅馆。

"我们去吗？先生。"

"走吧。"

真是走大运了！正是那家旅馆。洛伦佐和他的妻子，以及两个意大

37 我要走了

利朋友,看见地平线上出现两个肩上背着背包,手上提着一个塞满脏衣服的包的流浪汉时——必须声明,我们没有在路上留下<u>丝丝</u>特殊的气味——全都睁大了眼睛,他们感到非常惊讶。

拥抱、问候、赞美……"你们累吗?"那地方实在太美了,洛伦佐和他的太太又亲切地帮我们打点,之后还陪我们去海滩,这就是消除疲劳的最佳方式。

我沉浸在许多幻想中,几乎在沙滩上睡着。

安德烈泡在海里,手里拿着一个通常用来装药的黑色瓶子,还有一把很大的铜制汤匙。

"爸爸,你要不要吃一点糖浆?"

"糖浆?"

"很好吃耶。"

"我不用吃糖浆啊!"

"来吃一口iovadovia[61]糖浆,你要吃一点iovadovia吗?"

"不要!不要……"

我醒了过来。天啊!我真的好想和安德烈无拘无束地说话,没有主题地东拉西扯,讲热狗也好,说辣酱也罢,聊斑马线、熄灭的大灯,或是他在自闭症里的青春期转变,还有他的愿望、他对自己的感觉,不需要经由医师来告诉我,或是由我自己想象。特别是愿望,我真想和他谈愿望。

---

61. iovadovia的意思是:我要走了(io vado via)。

38 土伦

　　一顿家常饭，酒足饭饱——这是脱轨而行的最佳诱因吧！如果这个曲折的旅行也可以称为"脱离常轨"的话。连洛伦佐都这样说："我要你们来此是因为我想象在你们的旅程中，总需要待在一个家里休息几天。"他笑着补充说，"一个照顾之家。"我们俩认识很久了，尽管洛伦佐离开意大利好多年，我们也只是通过网络联系。

　　"一个给疯子的照顾之家吗？"我这样问。这只是开玩笑，但洛伦佐非常认真，我发现他变了。人当然都会变，我相信在他看来连我也会有所改变。他确信地说，朋友就应该预先感知朋友的需求，如果他能为这次旅行提供些什么的话，那就是给予我们回到家的感觉。

　　这正是家啊！虽然听不到家里的声音，不过当我们起床下楼吃早餐时，发现厨房的餐桌已经摆好，洛伦佐的太太在热着牛奶，摩卡壶呼噜呼噜地滚着，面包也烤好了，洛伦佐开冰箱在找奶油和果酱，杯盘间放着一束黄色的花，玻璃罐里放着四五种色彩的方糖。洛伦佐示意我们别说话，指定我们坐在位子上，接着他走过来陪我们。安德烈犹豫着，但后来看到几块颜色暗暗的东西，应该是超级巧克力蛋糕，他便扑了过去。

　　就是这种日常性！就像每每在属于我们的浴室里刷牙，站在镜子前花点时间挤眉弄眼和微笑后，便抓起杯子，喝一口咖啡一样。安德烈

38 土伦

看起来非常欣赏这一切,他大口地喝东西,咬蛋糕,掉面包屑,起身去把小柜子关住,又站起来去把它打开。他找东西,搬动它们,然后又坐下……洛伦佐的太太连气都没喘一下,洛伦佐也没有,这种亲切让人感觉宾至如归。

午餐也非常丰盛。洛伦佐很谨慎地摆设桌子,选择酒杯,有些酒给我看,有些不给我看,他要给我惊喜,他嗅闻着瓶塞,转动眼球,装出闻到酒味的狂喜。

安德烈等不及了,他在房里四处跳,发亮的眼睛对着杯子、盘子、刀叉眨,还完美整齐地排好椅子。主人将注意力全集中在他身上:"你喜欢这个还是那个?"餐巾要重新折过,一些细节修饰好就能完成摆桌工作了,盐罐、油、刀子要摆同一个方向,冰箱也要轻声开、关,这是个精确的天堂。或许安德烈也会喜欢在海边有个位置,要在同一个地方,连波浪也一直不变,好让他可以无穷尽地跳水。那些重复性的动作会是应对这个世界的摆荡的防御策略吗?还是其他信息和玩笑?

下午在海边,我躺在沙滩上,感到一阵很踏实的平静,虽然胃部同时也有点抽痛。当然,我不能因此而认为所有紧张全已消失,相反,正是当压力减轻,肾上腺素降低时,你的身体才会向你讨债。

晚上在餐厅则是令人惊讶得狂乱。只要手上有冰淇淋,当然是巧克力口味,安德烈就能将他自己和身边的事物都转变成一幅抽象画,他没有办法控制自己。一种巨大的慌乱重重压在安详宁静的泡沫上,他让我有点恼火。

用光了好几包餐巾纸,重新恢复到某种带着黏黏的平静后,洛伦佐和他太太靠近我,想知道和了解更多安德烈的状况。他们问我是怎么样发生的,何时变成了这样。我发誓我很想巨细靡遗地说出事情是怎么发生的,以及安德烈脑袋里的一些想法,但我却发现自己盯着双手,找不到字眼,无法确切地回答,仅能臆测。

对一个家长来说,要把他的孩子可能有个异于常人的心智这个概念内在化,是一件很困难的事。想想看,当你在面对"自闭症心智的神秘"时,你怎么让自己了解?怎么把自己的心也归到相似的类别中?

如果我拥抱你，请不要害怕

几千年来，为了应付大量的事件，我们精心制定了许多复杂的过滤机制来自我防卫。我们有月历、钟表、宗教信仰、除皱霜、用来应付他人痛苦的耳塞、上天堂或下地狱的门票……我们接受温和的改变，那些比较大规模的变动最好是一个世纪发生一两次，而且不要发生在我家。我们每个人多少都有那么一点自闭症的倾向。

对于自闭症，我们所知极少。我们知道一部分自闭症患者拥有特殊的能力，但不知道为什么会这样，我们也不清楚为什么脑部区块会有不正常现象，更不清楚为什么自闭症患者会比一般人还挑剔。也许，他拒绝变化，甚至比女明星拒绝变老更加顽固，但比起了解自闭症，我们反而比较了解遥远的星系、黑洞，以及一些罕见物质的结构。

是不是因为自闭症是一种拥有太多变化的问题？是不是因为它是一种太过艰巨的挑战？或是我们根本不感兴趣？

与此同时，我见机行事，我会坚持，但我见机行事。

39 地衣

三天的轻松时光像风一样地飞逝。我发现自己在想,这样的生活,这样长时间没有间断地接触,分享每一个单一情绪,是否让安德烈对于差异的知觉力变得更隐秘。我一直试图把安德烈带进我的世界,或许我只不过让他在他的世界里走了一小步,但这反而让他变得更加自闭。

昨天和朋友们聊了很久,关于我们这次旅行,他们相信其实最主要的动机可能是我自己需要自由。

"在你出发前几星期或几个月,你难道没有嗅到什么奇特的气味吗?"

"就是内在的某些东西,几乎就在肚子里……"

"有,我想我感受到了。"

"我说吧!"洛伦佐感叹道,"那就是对自由的需求!"

"你认为我来到这里只是因为我自己的需求吗?"

"不过,你的需求和安德烈的需求是不可能分开的。你看,你们就像一片地衣,就像黏在一起的藻类和真菌……"

我很确定,安德烈一定是藻类。

"但是藻类和真菌的连结是很坚韧的。"他接着说,"你没有办法将它们分开。"随后他像是在道早安和晚安那样,改变话题,开始大加赞美起哥斯达黎加和巴拿马,那里有森林、公园、树木和珍贵的木材,还有船队……是一个不能错过的经历。

我们也不会错过。

我们要道别前,洛伦佐的太太和安德烈手挽着手,他把手按在她的肚子上。

"你喜欢我的肚子吗?"

"喜欢。"

"你要留意爸爸哦,我提醒你。"

"提醒……"

"我提醒你哦,你会保护他吗?"

"会,爸爸好好。"

他们彼此亲吻。

洛伦佐的朋友送我们到坎昆机场,拥抱、道别,承诺会再回来后,我们又再度上路。

我们差点就赶不上飞机,直到听到他们用扩音器呼叫我们,才知道我们被误导到了错误的登机口。在飞机上,我用和洛伦佐一起去买的新地图查看路线。

安德烈坐在后面,我跟他挥手,他也跟我挥手,我开始打盹。我感觉到有人按我的肚子,我睁开眼睛,看到安德烈正在看着我。

再过一会儿,我们就会抵达目的地,到时候得租车、找旅馆,还有决定要走哪条路到巴拿马。这些事情如今已经很寻常,简单得像喝水一样,我们已经变成旅行专家。

因为太内行了,所以我们在圣何塞没办法找到可以接续的车,就算找到车,也没有办法开到巴拿马。在中美洲的国家间,出租的车跨越国界是违法的,必须把车留在边境。

我费了很大的力气,找到一家在巴拿马有分公司的汽车公司,把我们交付在他们手中。我们可以在哥斯达黎加的边境还车,然后再到另一边提车,这样就可以开到首都。办手续的女士非常亲切,她了解安德烈的状况后,在我们离开时小声地对我说:他是我的天使。有一个这样的孩子,我必须感到很幸运,因为那是上天赐给我的礼物。

很多人称赞和佩服我们处理这种状况的方法，但我相信安德烈是一个快乐的人，他有能力在这两个世界——一个是现实的世界，另一个是我还无法完全了解的世界——里生活。

是的，也许我是幸运的。但是关于安德烈，我们必须更留心。我每天都沉浸在他的生命中，不是那种十分钟的模模糊糊的印象。我相信他也在忍受着，只要我能够将他从那个包围着他的监狱中释放出来，我就会很开心，而不用去麻烦天使们。

40 哥斯达黎加

圣何塞的早晨节奏很快,我们在城市周边探索,沿着像丝线一样绵长、覆盖着泥土的辅路慢慢走远,草木丛生,几乎遮蔽了天空,感觉像是在黑暗的肠子里穿梭。安德烈通过车窗,探看绵密交错的树枝,感受森林的生命活力,我们同时被吸引,也同时失去了方向。我心想,真奇异啊!植物是纯粹的生命,它们有根,它们寻找水,利用阳光,它们没有任何筛选机制,生命给什么就接受什么,很直接。好奇异啊,这纯粹的生命……

突然间,一些跨在急流上的恐怖吊桥出现了!我们口念自己发明的驱邪咒语,小心地开过,徒步的行人请求搭一程便车,我们也很乐意载他们。他们指引我们远离坏损的道路,帮我们调整太过迂回的路线,还很乐意地告诉我们每天生活里的琐事,当感觉到我们并不真的感兴趣时,也没特别强调什么,好像只是在对自己扼要地重述着。我们在小路上颠簸前进,伴随着他们微不足道的生活事件,例如,小孙子诞生了,或是买了一个二手助听器……"可是先生,我要拿去祝祭一下,谁知道前一个人的耳朵,有没有听过什么脏话……"没有人知道关于巴拿马的事,他们都说那是另一个国度——什么东西都偷,也不要相信那边的出租车司机。

40 哥斯达黎加

我们抵达哈科,再度来到太平洋岸。天色渐渐暗了,必须找个睡觉的地方。我们找到一家朴素的旅馆,价钱非常便宜,也非常干净。在一家阿根廷餐厅里,我正在找座位时,安德烈四处巡查,只见他拍着手往大厅里跑去。

有个女孩坐在一张桌前,桌上有个装满了棕榈叶的篮子,她正以惊人的速度编织着。她一面观察安德烈,一面编织着,手完全没有停下。她拿起一只小蝴蝶给他看,没等他有反应,又从篮底抽出一个编织的动物。安德烈忽然摸了她的肚子,她尖叫一声,但安德烈坚持要摸。我就站在几步之外,赶紧告诉了她安德烈的状况。她想知道自闭症是什么东西,这件事对她来说似乎很陌生,我用西班牙语向她解释:"他被关在一个完全自我的世界里,他对我们的世界有自己的一套认知,但是他的桥梁总是把他引导到其他地方。"我邀请她过来跟我们同桌而坐,而她也试着和安德烈说话,安德烈则是一直高兴地笑着。

我后来才知道她出生于1993年,跟安德烈同岁,甚至还是同一个月。她说要为我们编一艘帆船,保证会让我们很惊奇。安德烈一直抓着她的手臂,但她还是有办法继续编织,我们紧盯着她的手指,看着它们像细细的针和镊子一样地滑进叶子里,改变形状,最后一艘船出现!一根桅杆撑满帆,底下大大的,上面小小的,船身很轻,几乎可以在空中飘起来。她把船放在桌子中央,又和我们待了一会儿。

安德烈拿起那艘船,然后丢下,让它飘,之后再拿起又丢下,这是一个无法制止的游戏,之后他又给了她一连串的吻。那个女孩非常开心,天知道这位骑士又给了她什么提议。不过他却突然站起来,走开,并四处打转。当他回到座位时,则专心地吃起甜点来,好像她不存在似的。她不知道还能做什么,所以就离开了。

剩下安德烈孤单一个人。

再次。

如果我拥抱你，请不要害怕

41 鬣蜥旅馆

"那里鳄鱼如云，先生。"

"如云？"

"嗯，那个城市还保留在100年前的样子。"

他们如此形容希门尼斯港，这让我们决定去看一看。

下雨，太阳直到11点左右才露出些。我们发现今天是圣母升天节[62]，所以到一个美丽的海滩庆祝，而那里几乎没有人。我在沙滩上奔跑，好好地伸展了一下。

我们再出发时天空下了几滴雨，提醒我们有场很大的暴风雨即将来临。在一些检查哨上，他们要我们下车，接受搜查。警犬像嗅着煮熟的骨头一样嗅着我们，那些警察各个强悍、乖戾。安德烈突然像闪电般地拿走其中一个警察的帽子，戴在自己头上。太厉害了！安德烈，真是好主意。

那些警察一点也不喜欢这种亲昵的举动，枪口瞄准我们，把我们团团围住。气氛一片死寂，幸好有人发现万一第二天早上报上出现"偷走

---

[62]. 圣母升天为每年8月15日，是有罗马天主教信仰传统的国家，为纪念耶稣的母亲玛利亚于生命结束后，灵魂与肉体一起被接进天堂的信仰。这一天在意大利、法国、西班牙、比利时和波兰等国均属法定假期。

41 鬣蜥旅馆

警员帽子,危险自闭症患者于检查哨被枪杀"这种新闻,会很可笑。我发现有个比较专业的警察可以成为同盟,于是我举起双手,表示没事,紧张的气氛缓和,我们也逃过一次留在枪击记录照片中的危机。安德烈,以后我会给你我检查心脏的账单。

雨一直下个不停。忧郁的感觉让我们愈来愈低落,原本想往回走,但应该会很累人,于是我们漫无方向又无效率地寻找地图上显示的地点,气力耗尽,结果则是迷失在森林里。动物突然窜出,在我们看来像是某种野猪,成群的小鸟,以及不知道是蜂鸟还是大青蝇的生物嗡嗡作响,其他配有弹簧腿的生物的每一个弹跳,每个从绿色树墙闪现并跳到另一整片树墙的东西,都让安德烈跟着吓了一跳。

"我们要睡在树上了。"我说,然后看着安德烈,"好啦,我们会用大绳子绑起来。"我想跟他开个玩笑。

后来,我们在路的右边发现了一条与这边的路不同的小路,边缘整修得像是市区的小公园,突然,部分建筑物边缘、一个角、一小片屋顶以及半个招牌闪现。

最后一整栋豪华的建筑呈现在眼前,我们才知道这是一家旅馆。

我最初的反应是,这应该是纸糊的布景,是好莱坞电影在中美洲森林里拍片时留下来的道具。事实上,这家旅馆名叫"鬣蜥",从招牌上也可得知,这里环境优美,雄伟的树木环绕,鹦鹉飞翔,入口尽是花卉和高大、满枝蓓蕾的植物。

你可以说"机缘"的坏话,但因为机缘,我们最后才来到这家专门给想舒服地睡在茂密枝叶间的有钱人住的旅馆。他们给了我们一个梦幻般的房间,还建议我们,如果想放松,可以去露天泡泡浴池泡个澡。我想我和安德烈花了很多力气,才替自己"打造"出这个避难的小屋,我们当然很开心,但是当我们全身冲湿,发现旁边还有三个喝了点东西、眼睛甜美迷离地看着我们的美国女子时,却因为正在下雨,鱼与熊掌不可兼得,我们也没有哭。"傻瓜安德烈,美国女生一点也不差呀,说实话,她们还真的很漂亮。"他不听我的,径自泡在泡泡里,潜入水中。这三个人当中的一人非常仔细观察着他,还问我有没有带他去做水疗。

"我一下子就看出那个男孩不太一样,但不是从他的动作,因为我看他双手没下垂,肩膀没歪斜,背也没弯曲,眼睛有不一样的强度,他的身体很自由,可是他的心灵并不自由。"

"请问您指的是哪一种治疗方法?"

她笑着,带着一种要告诉我一个秘密的表情。"我每年都会去做几次某种特定的治疗。"她说她叫米丽娅姆,并坚称他们用这种方式选择宇航员,"他们在黑暗中把你带进一个装满浓稠液体的大水槽里,让你在你自己的思想中漂浮着。"米丽娅姆说连她都能在那个地方待个两三个小时,不仅会思绪迸发,还可以跟年轻时的父亲交谈,甚至看见自己死时的样子。

我很入迷地听她说,可是我不相信。

"这对您儿子应该会有帮助。"她鼓吹着,"您得试试看。"

安德烈拍打着水面上的泡沫,顿足,泡沫溅到了这些很客气的美国女士身上。她们没有不悦,还邀我们一起共进晚餐。

"我们要不要接受姑娘们的邀请?"

"姑娘漂亮。"安德烈说。

那些美国人非常好奇,但说话的时候都非常谨慎,她们绝不在安德烈面前说出任何不合适的字眼。

"您知道吗?科学家坚称我们大家都不一样,但我们其实愈来愈相同。在这条路上,唯一能维持不同性的岛屿,就是像您孩子这样的人了。"

"我想这应该是一种赞美。"我说。

"我的意思是,就算一个巨大的和谐世界,也包含着许许多多细微的差异。"美国人要求看看我们旅行的照片,并和安德烈一起很开心地讨论着在美国拍的照片和视频,尤其是我们在新奥尔良拍的一些短片,让她们都笑了出来。

尽管大雨阴沉,这个晚上却有一种极大的轻快气氛。三个美国人透露她们是另类的音乐家,晚餐快吃完的时候,她们从箱子里取出两把小提琴和一把中提琴。在餐厅的一角,三个穿越拉丁美洲的女人演奏着音乐，外面下着雨，而我们沉浸在小提琴的美好梦中。我没有很坚持，却告诉安德烈，应该给她们三个人一个纪念品。我从桌上的花束中选了三朵花，告诉安德烈应该怎么样——献花给她们。他做得非常完美，而且自己也向她们献吻。"意大利人真是浪漫！"其中一位小提琴家说。我谢谢安德烈这么完美地完成任务，对他说："你比骑士还棒！"

　　安德烈很平静。今晚真是完美，这就是人生吧！就像一只曲折前进的鼹鼠，偶尔还是会被阳光晒到。"我好惊讶啊，安德烈，我从没经历过这样的假期：时间这么长，这么无法预期。我有没有告诉过你？你是我所见过的最好的旅伴了！"

如果我拥抱你,请不要害怕

42 美丽的小茅屋

翅膀拍击,动物吼叫……森林很早就动了起来。我看看手表,还没6点。安德烈已经醒了,他正在倾听。这样是最好的,但我们必须起床,因为去巴拿马得花上五个小时,中午得在边境换车。

这段路程很平静,我们咬着牙,渐渐习惯了不完美的路况和路上的坑坑洞洞。大约过了一两个小时,可以看见路边有间很破旧的茅屋,破旧到我们很难想象会有人用来住,特别是在住过鬣蜥旅馆后。那间茅屋的墙壁是由各种形状的木板钉成,屋顶只是张倾斜的铁皮。我发现几头猪拴在一个柱子边,完全不是被弃置的废墟应有的迹象。等等!我想,该不会有人住在里面吧!那些猪看起来那么瘦,又无精打采的……

一个50岁左右的男人从小屋里走出来,他穿得非常破,而且很脏。他对我做了一个轻松但一点也不随便的手势,好像在说:"我,尽我所能地存在。"我被后视镜的景象困惑,胃里涌起一股奇怪的反应。车经过那个小茅屋时,我从后视镜中仿佛又看见了那个手势,他在告诉我什么事?"他要做什么?"我看看安德烈,"你知道我这个人,我们回头去看看!"

再次听到车声时,又有两个人从那间屋里跑出来,三个男人像等待校阅的士兵般站好,他们轻声问好,表情也很亲切。最高的那个人向

42 美丽的小茅屋

我们介绍说,他们是兄弟,第三个人也跟他们住在一起,他头脑有点问题,一直伸出手要我们握。我知道他们几乎什么也没有,只有几只跑来跑去的鸡和拴着的几头猪,这就是他们的银行账户。小屋后面是森林,浓密、危险,看起来应该也很难找出一块土地来耕作。

他们邀我们进入屋内,大家都把手放在胸前,那个有点问题的人只要一逮到机会,就抓起我的手不放。最后我们看到他,事实上,在还没看清楚他之前,我的心一阵狂跳。一张跟讽刺画差不多的床上铺着一张破旧的席子,上面躺着一个看起来约20岁的男孩。

其他人很焦虑地向我们解释他有残疾,并拉着他关节已僵硬的脚给我们看。他没有办法走路,用手撑起自己,倚靠在房间的柱子上,那双手看起来像爪子,紧紧抓着一个容量为半公升的塑胶瓶,有如抓着一个心灵的伙伴般。

我观察着他,看着他的动作和眼睛,我看出这个男孩有自闭症的症状。他的手部动作跟安德烈一样,再看看他转头的动作,我感到一阵热气在胸中开起。自闭症是一道加法题——命运加上运气。我沉重地叹了一口气,难以置信地看看四周。我用询问的眼神看看大人们,希望他们不会跟我说,这个男孩就是这样,在这张床以及他抓住的那些柱子之间,度过他生命的所有时光。

不!不!我想,你们应该有一辆旧吉普车,只是我没看到,也许你们不想让税务官发现,所以藏在林子里。你们有车的话,就每天载那个男孩去森林里逛逛,抬头看看树木,去追逐鹦鹉,他只要伸长手就可以抓到它们。不去树林的时候,若天气好的话,就找张舒服的椅子让他坐在阳光下,跟车辆打招呼,请卡车司机停车下来时跟他聊聊世界发生了什么事,因为他们都是很好的人,不会赶时间。他会听着他们讲,也许还会笑,幸好你们这里从不下雨,我真不愿想到下雨天的状况——他躺在那张床上该怎么办?那张床会变成木筏在水中漂,其他人都能尽力逃命,而他只能向海军呼叫:"救命!救命!赶快来救命!"最后却是那两头猪赶快跑来想办法划行,拯救他的性命。我全身发抖,完全束手无策。

他们告诉我,他叫豪尔赫,22岁,由于整个对话含糊,我没有办法知道他是谁的孩子，除此之外，这三个男人都对他很好。我非常激动地拥抱他，而他呢？他只是笑，没错，就是笑。我心想：可怜的豪尔赫，虽然穿得这样破烂，但眼睛却充满了幸福。好像我们告诉你什么笑话或是最美丽的童话，又或者在你眼里，我们是你所见过的最可笑的生物。他发自内心地笑着。我们虽身处在一个简陋的茅屋里，却像是被邀来参加一场生日宴会。

与此同时，安德烈已经把许多东西都排列整齐，把又旧又破的日历弄直，把一个装满钉子和螺丝的盒子倒干净。他拥抱每一个人，小心谨慎地四处观察，但谁知道他又记录下什么样的影像呢？

也许是因为单纯，安德烈卸下了人们的武装，但也许是因为我们交换的拥抱、豪尔赫的眼神，或是那些恬静游移的猪。时光飞逝，我感觉自己属于这小小的兄弟社群，可是不能再耗下去，我们一整个上午都跟他们在一起。道别很难，而我们留下了一些钱和几件给豪尔赫穿的衣服。他们没有向我们要求任何东西，却极力地感谢我们，好像我们送给了他们一片天空。

接下来的整个路程我们心头都感觉沉重，好像瘫痪了一样，连安德烈都沉入心底深处，然后他又从里面浮出来，仿佛没事，就像路边久久才冒出的加油站一样。

在看到巴拿马边境前，我们就先感觉到它了。这里有全宇宙数量最大的旧汽车和卡车——还不包括路边小栈里那些被拔掉消音器、更换轮胎和被修的车。人口稠密到难以想象的程度，到处都有小摊，贩卖着各种东西。小孩们在来回穿梭的车阵中玩着足球，几只鸡突然从一旁坐着、不知在等待着什么的老妇人的裙子下跑出来……好个拉扯推挤着的一望无际的人群，我能想象检查站和官僚程序的缓慢。这里的热度像火炉，噪音更是让人抓狂。轰隆如雷的声响中包含着千百人的喃喃说话声、聊天声、引擎的隆隆声、刺耳的汽车喇叭声、鸡的拍翅声等，为了让人听清楚，说话还得大声喊。我们还颇能适应这些，但我担心要和安德烈在这里等待，铁定是一件蠢事。

幸运的是，那些躲在某处的人将边境变成了工作机会。他们眼光准

42 美丽的小茅屋

确地发现有困难的观光客,而且说不定大老远便已嗅出你的味道,眼睛锁定在你出现的方位。才刚交还车,就有个人走向我们,他穿着白色背心,一身都是汗,说着我几乎听不懂的西班牙语。我很快就雇用了他,将钱和护照交给他。当他消失在人群中后,我才感到有点担心。万一他在这里——中美洲的中央——跑掉了怎么办?我一边抱紧安德烈,一边开着玩笑,以给自己壮胆。过了一段好像永无止境的时间,我开始想象起我们没有车、没有钱,也没有文件,在卖鸡屎赚零钱时,那个穿着背心的男人拿着护照,在大老远处向我们招手。我们没有排队就通过了关卡,这里盖个章,那里盖个章,我们跟着他走,完全不知会被带到什么地方。然后一切就绪,我们就在巴拿马了。

租车公司的年轻人等了我们好几个小时,更夸张的是,当安德烈急着要去抱他时,他像个肠道栓剂一样火速往后站。

"你别怕!"

租车公司给了我们一辆超级吉普车,很大,配备一应俱全。那并不是我们选的,而是刚好那辆车在这里,于是便派给了我们,租金比我们在哥斯达黎加租的那辆国民车还便宜。

我们直奔圣地亚哥市,这里的次要道路路况简直是三级,甚至四级,森林也比较少,树木大概都被砍光了,随时要垮掉的桥梁处处可见。当我们看到一座状况不错的桥时,还会心生怀疑,这会不会是假的?然后担惊受怕地穿越这类令人不确定的建筑。到圣地亚哥还有200公里,加油!

此时,一阵尿意让我们停了车,我看了车一眼,发现一个轮胎爆了,因为一路坑洞和颠簸,所以之前没发现。我开始更换轮胎,却无法把备胎从固定它的空间里挖出来。安德烈朝着河里丢石子,我踢了轮胎几下,不过它跟布鲁斯·威利斯是同伙,毫不妥协。我几乎到达杀戮边缘,就在此时,几个骑着破脚踏车、带着工具的男孩出现了。其中有一个竟然还是学机械的,甚至还是个丰田车迷。对他来说,这种车上的备胎装法根本不是秘密。就像在沙漠里找海葵专家一样,花了一段还可以接受的时间,我们总算解决了这个棘手的问题。

159

"真是运气好！"我自顾自地说。安德烈独自在河边丢了两个小时的石子，好多石子呀。

天黑了。那些男孩告诉我们，到圣地亚哥只要直走就行，而"唯一的路就是我们现在走的这一条"。

我们在晚上9点抵达圣地亚哥，我觉得车怪怪的，好像又爆胎了。我们今天早上6点就起床，还遇到许多状况。我在第一间遇到的旅馆前停车，轮胎还好好的，只是胎压高了些。旅馆还可以接受，我们吃比萨，甚至还可以在附近小逛一下，还去为一场足球赛精彩的下半场加油，足球场照明充足，有如白天。

回到房间后，淋浴、刷牙、上床，以安德烈的iPod音乐当成背景，看着照片。影像转回到豪尔赫，我心头震动了一下。我们还会再见到他吗？

我彻底累垮了，安德烈，希望你也是。

43 巴拿马

"豪尔赫快乐。"

"对不起,安德烈,你感觉豪尔赫快乐吗?"

"豪尔赫快乐。"

"可是,他住在满地泥土、满屋灰尘,还会漏雨的茅屋啊!他没有朋友,困在脏脏的行军床上不能动弹,他什么也不能做,只能静止在那里,22年!他怎么会快乐?你看到他这样,不会觉得不舒服吗?"

安德烈眼睛睁得大大的,快速地眨着。他让我觉得我很蠢,没有办法看到事物深层的东西,好像他已超越我。

豪尔赫快乐。

我把早餐的杯子放回柜台,想透透气,希望抵达巴拿马前不要再受到其他打击。

我们轻松地沿着泛美公路前进,听着当地电台来提神,看到喜欢的地方就停下来喝点东西。我等不及要去巴拿马运河了,那是我从小就为之着迷的一个地方——那个切口分开了大美洲和小美洲,混合着海洋、金、银,以及许多人的幸和不幸,那也是世界的中心点。

我对安德烈说这些事时,车正慢慢地在两列石墙间穿越,可能得花上很长时间才能通过。但我还在说话的当下,我们就登上了一座桥,我四下看看有无相关信息，本以为还远，但突然间，我们已经在它上面。我们到了美洲大桥。安德烈指着等待通过运河的船只时，我因为激动而造成车有点打滑……

我们进入巴拿马市，看见许多名胜古迹。停好车后，我们走进最有趣的街道去寻找餐厅，在橱窗前好奇地观望，人群熙来攘往，有如成群的候鸟。安德烈在一个卖T恤衫的商店前停了下来，我挪动几步，向店员询问哪里可以吃到巴拿马市里最好吃的东西。那个年轻人非常热情地介绍了一长串餐厅，推荐了几道菜。我转身，却没看见安德烈，我以为他进了服装店，于是再回到里面，然而他不在那儿，我到处找都找不到。

冷静、冷静，我们有松紧带，我这样想着。我们有松紧带，我知道什么东西会吸引安德烈。于是我试着走他可能会走的路线，但还是找不到他，他可能往回走，也可能突然穿越街道，停在另一边的人行道上。我一家店一家店地找，每一个人我都看一看。就这样，有个店家跟我确定几分钟前有个奇怪的少年走了进去，又立刻出来了。"拉松紧带，快拉松紧带！"

走了30米后出现了双岔路，左边还有更多商店，招牌都非常显眼。其中有一家满满都是鸟笼和鱼缸，他们正要打烊，那里的人说有个男孩进来了一下子。"很近了！"我告诉自己，"我感觉到他了。"

我看到他在街尾，和一个女人手牵着手，好像认识了很久的样子。

"眼睛看着爸爸！"我对他喊着。

"小伙子肚子饿了！"那个女人喊道。

"眼睛看着爸爸！安德烈，记得我们的松紧带吗？"

"眼睛……"

"小伙子肚子饿啊！"

"没问题，我们现在就去吃东西！"那个女人打量着我们，接着松懈下来，说她叫乔安娜，是巴西人。我也放松了下来。

"你们喜欢吃烤肉吗？"

"为什么？"

43 巴拿马

"跟我来，我们晚上做巴西菜，你们俩是我的客人。安德烈，你叫安德烈，对吗？你要不要吃点好吃的肉？"

"他听不懂葡萄牙语。我们要去吃肉吗？"

"肉我要……"

"好，我们走吧！"

我跟在后面。乔安娜搂着安德烈，还搂得很紧，她一面抚摸着他的头发，一面对他小声说话。安德烈不时地看着我，皱着眉头，不过还是跟她在一起。我们来到一个黄色小屋前，她按了门铃后，便带我们走了进去。她向我们介绍了一些人，是一小群巴西人，有两个女孩和四个男人在厨房里忙着。乔安娜很有魅力，她的言谈举止都带着一种权威的姿态。

没有人问我们怎么会出现在那里，我们跟她一起来，这样就够了。我向其中一个女孩德亚解释前因后果，以及我们的旅行、一些关于安德烈的事。"怪不得你们会出现在这里！"她赞叹道，同时也跟我说乔安娜对于舒缓人们的心灵非常在行。

"舒缓心灵？"

"她可以消除你的烦恼、担忧，这就是她在这里的专业……"

"她是心理医师吗？"

"心理医师？"德亚大笑，"她舒缓你的心灵，用手，用寂静，用水……"

晚餐席间融合了我们的旅行故事和巴西的回忆，乔安娜活灵活现地述说印度街道、西藏天空的颜色和爪哇岛深处的一个黑暗洞穴，我们很着迷。乔安娜年轻的时候经常旅行，她带着一种痛苦的忧郁说："我女儿在我年轻时就离开了，这也是一种旅行。"接着她说到罗克萨娜时，立刻又活络起来。罗克萨娜是乔安娜的外孙女，乔安娜像母亲一样养育她。

男人当中的纳萨里奥问我们想不想预知我们的未来，我想他说的应该只是一般的纸牌，不过是制造另一种混乱罢了。纳萨里奥移动椅子，打开一个抽屉，抽出一些灰色的金属条，他又在水槽底下翻找，直到翻出一个用来烧熔那些金属条的器具，然后进行熔烧。

"这是铅。"纳萨里奥说,并拿那些金属条给我们看,要我们选一根给我,一根给安德烈。

在另一根用火焰加热的同时,一个女人端来一盆水,而纳萨里奥则用一个很大的木头晒衣夹夹起铅,把它倒进一个倾斜的杯子里,让烧熔的铅滑进水盆里。铅遇到水就会凝固,我的铅条变成一条细长且扭曲的线,有一小块的边缘像星星。

"现在轮到安德烈的铅了。"他说。

跟先前的相较下,我看到纳萨里奥改变高度,倒入的铅块更大,在水中形成了一个几乎像花的形状,而另一个我记得形状像张开的手掌。

乔安娜拿起我的图形,观察了一番后说:"一切都很好。"但是她看起来似乎急着要看安德烈的图形,她看着他,抚摸他。

"你们想要去哪里?"她突然这样问。

"老实说我不知道。"

德亚插话说,她在一家旅行社工作,邀我们明天早上去她那边,还给了我一张名片,并保证会为我们找一些我们有兴趣的地点。

我们一定会去,一定会去……

我们很热烈地道别。乔安娜和纳萨里奥开车送我们回到旅馆。

安德烈首度在乘车的路上睡着,我几乎是扛着他上床的。

44 罗克萨娜

我们被电话铃声叫醒了。

"有一位女士在柜台说要找我们。"我对安德烈说,他睁大眼睛看着我,打着哈欠。

"我下去看看,你准备一下,去刷牙,我很快就回来。"

是乔安娜,她都没跟我打招呼,就直接说:"小伙子呢?"

"安德烈在房里。"

"我整晚没睡,都在想着这件事,我得托他带一封信。"

"一封信?要给谁?"

"我回头再跟你说,不过你得让我先跟他说话。"

"说话?你已经看到那很困难了呀。"

"他听得懂。"

"乔安娜,我们不需要再添什么麻烦了。"

"我跟你说过我想过这点,你要相信我。"

我看着她,看起来不是危险,倒可能是疯了,但是大家不也说过很多次我们疯了吗?而我总是会说我们没疯。

"我去带他来,你在这里等。"

安德烈一看到乔安娜就抱,她轻抚着他的头发好久,像在吐气般地

如果我拥抱你，请不要害怕

喃喃说着一些细碎的字眼。

我问她是不是有什么不对劲，她回答："小伙子知道怎么样跟活人说话。"

我睁大眼睛，听不懂她到底在说什么，我想，她真的疯了。

"他不跟死人说话……跟死人说话不吉利，他需要跟活人沟通。"她接着说。

我觉得不安，对她说，没错，他不会长篇大论，但他会沟通。

"他不用词汇，他知道怎么样传递情感。"

"……我同意。"

"我也很确定。"

过了没多久，乔安娜一直用葡萄牙语问安德烈，能否带一封信给她唯一的外孙女罗克萨娜。安德烈没有反应。

"可是，罗克萨娜在哪儿？"我问。我无法理解这件事的意义何在。

乔安娜没有回答，她继续跟安德烈说话。她说已经好几个月没有罗克萨娜的消息了，她非常担心，因为她梦见她被囚禁在重重的门里。

"那她到底住在哪儿？又跟谁住一起？"我插话道。

"罗克萨娜和我弟弟住在阿拉亚尔达茹达，在巴伊亚州。"

"那他怎么说呢？"

"他一直跟我说一切都很好。他没说实话。如果有人告诉你，你的儿子很好，但你却从没听到来自他本人的消息，你会相信吗？"

"不，我当然不信，可是……"

"安德烈要是能帮我带这封信，就能开启那些门了。"

"在巴西吗？你要我们去那里？不行，巴拿马之后，我们要去委内瑞拉。"我说。但她就这样来了，完全没有考虑我们。

"去阿拉亚尔达茹达。"乔安娜坚持道。

"乔安娜，我很感谢你找到了安德烈，但是你不能得寸进尺。"

她的眼神深沉地泛着泪光。她心里一定有些什么事。

"一封信，"我喃喃地说，"要带到那么远的地方去……"

"一封小小的信。"乔安娜说，"我把它交给小伙子。"说完她便

44 罗克萨娜

拿出一个白色信封，信封上用粗黑的字体写着姓名和地址。她把信交给安德烈，将信放在他的手掌上。我们彼此相视着。

我拿起那封信。乔安娜把手放在胸口，拉了拉安德烈的手指头，转身离开了。

剩下我们时，我看着他说："这会是个不智之举吗？那封信我们要怎么处理，安德烈？"

"信好好。"

是啊，怎会不好……

我们去巴西女孩德亚的旅行社不只是为了之后的行程信息，也是为了厘清乔安娜和那一封怪信。

在旅行社里，安德烈像只瞪羚般猛跳。德亚和她的朋友热情地招呼我们，她们已准备好一些行程建议书，不过我却问起她乔安娜的事。

关于乔安娜，德亚其实所知极少。我把那封信放在桌上，也解释了不到一个小时前发生的事。德亚睁大眼睛，她感到相当惊讶。

"在昨晚前，关于罗克萨娜的事，乔安娜都只提了一下，话总说一半，便叹着气，其他就没再多说了。是安德烈让她内心的某些事动了起来。"德亚说。她视我们为一种治病的药方。安德烈这时安静下来，他的躁动缓和了，现在轻快得像只蜻蜓。

"能有一封信是很重要的。"德亚说。

"没错，可是我们不可能去巴西啊……"

"为什么？你们还有其他事要办吗？你不是跟我说你们是探险旅行家吗？你们也可以来场豪华旅行，从马瑙斯出发，大步跳到亚马孙。我有个超棒的行程，明天早上的直航班机……"她带着一种鼓励大象跳伞的微笑说。

几乎是无法抗拒了，几乎。

"可是，不会有危险吧？那亚马孙河……"

"你们都已经能穿越危地马拉了……这个也不过是散个步而已。"

"安德烈，我们去马瑙斯，你说好不好？"

"马瑙斯有一点好。"

"然后呢?"我问德亚。

"想办法到阿拉亚尔达茹达,对你们这样的旅行者来说再简单不过了。"

一场纸的旅行。看吧!这个想法又回来了。我现在专注于巴拿马,我们回到大桥,直奔桥的另一端,有段路是在海洋中央。我们在一家小店吃着烤鱼和香蕉配米饭,从那里的小窗户看到一整列等着通过运河的船只。大半个世界的货物从这个海洋穿越那个海洋,那些作业中流动着一种缓慢的状态。想象产品制造的快节奏,货柜箱被拼命装载,然后是海上,这个行列有点古老,像许多列队毛虫[63]那样。这是一个滤口,一个无尽的滤口。

一场在巴拿马旧城区的盛大足球赛吸引着我们,许多只腿粗暴地踢着一个破烂的球。傍晚时,我们登上安空山[64]的花园,犹如站在钟塔上瞭望般,从那里遥望市区。

我躺在草地上,乔安娜的信在口袋里戳刺着我,安德烈沉浸在自己的习惯中,跳来跳去,人们观看他,有的人笑了起来,好像看到马戏团的演员一样。

我闭上眼睛,看到安德烈在一个厨房里:我看到他和其他人在一起,一个女人和一个小孩,安德烈洗盘子、抱小孩、处理待洗衣物,那个女人则牵着他的手,小孩奔跑,安德烈追逐,边追边笑……

我听到一些声音,我想是水手们在船上的喊叫声,梦想正在起航。如果安德烈也能有自己的孩子,他这么好看、健壮,总挂着微笑,从不会对人恶言相向……谁不希望有个这样的丈夫,或是这样的爸爸?如果我是他的孩子的话,我会很爱他。但有时我觉得这像夸张的妄想,有时候又觉得这是很自然的事。

---

63. 列队毛虫,指带蛾科蛾类的幼虫,有列队觅食的习性,队伍常蜿蜒数尺长。
64. 安空山,为一座位于巴拿马市的山丘,是附近的制高点,山顶上竖有一面极大的巴拿马国旗。

44 罗克萨娜

如果有一天，安德烈可以向我传达这个心愿、渴望，我希望我有能力、智慧和敏锐性来让这个梦想起飞。无疑，这会是一个比我们现在正在经历的旅程更重要，也更激励人心的旅行。但有些旅行并不是出发的时候才开始，往往在出发前就已开始，而且很早，很早……

我把信拿出来，逆着光看，我甚至拿起来闻。我想起安德烈写的字，有时候要耗费相当大的力气，他才能写下几个字。但要是没有人来让那个心灵发出声音，那些所花费的极大力气就白费了。也许，这次需要我们来担任这个传递者不是出于偶然。也许正因为如此，我们才必须去。没错，安德烈必须带着这封信去。但该死的巴西，难道就不能近一点吗？

如果我拥抱你，请不要害怕

45 方法

昨天晚上我对安德烈非常严苛。
明天早上起床后：

  不准从你平常的习惯开始；
  不准拉开拉链；
  不准把背包的东西倒空；
  不准盯着马桶里的水看；
  要洗脸；
  要刷牙；
  要自己穿衣服，衣服在衣橱里。

我确实列出了第二天要进行的步骤：

  明天要搭飞机；
  要去马瑙斯；
  必须找旅馆；
  在那里待几天；

要去看亚马孙河和森林;
不能待太久,因为要去阿拉亚尔达茹达。

也许因为这样,安德烈起床的时候心情特别好。我逐一跟他解释今天的行程,这让他进入一种积极的情绪状态中,虽然我实在不知道接下来这几天实际会发生什么事。

吃完早餐后,最后一次和超级吉普车走一程。在机场等待前往马瑙斯的班机时,我们买了一个背包,替换其中一个被用破的背包。这个破旧的背包走了很多路,也看了很多事物,离开它就像离开一个朋友一样。我小心地把要交给罗克萨娜的信装进新的背包里。

安德烈头一次在飞机上把端来的米饭和鸡肉全都吃光,他吃了自己的那一份,也吃掉了我的一半,连同里头的胡萝卜和色拉也吃了。通常他不喜欢飞机餐,但今天这一餐让他很有好感。天知道他在酝酿些什么事。

下了飞机,我们没费什么工夫便找到一个旅游经纪人,阿姆斯特朗先生用我对安德烈的相同方法,给我们看他提供的行程:

住市中心的旅馆;
两天在亚马孙雨林;
在亚马孙河溯河而上;
在原始村落睡一晚;
如此与丰盛茂密的自然接触,可以在一眨眼的时间里忘却街道和水泥建筑。

"太完美了!"我说。

46 进入蛮荒

或许是我把它从背包里拿出来放在床边的柜子上吧!但我想不起来了,再说这一点也不重要了。如今,要给罗克萨娜的信已变成碎屑,散布在房间里。很显然,安德烈起得比我还早。

"这次不行啊!"我大喊,"你不能把这封信撕掉!"

"信好好。"

"是啊,信好好!这下怎么办?人家会怎么看我们呢?"

我把那些碎片收集起来,看着安德烈说:"我会一片一片把它拼回去。我们怎么可以把别人托付的信撕掉呢!"我认出一些音节、一些字母,一半在这儿,另一半在那儿,完全拼不起来。"真要命,安德烈,再细你都有办法撕!"没办法,完全没办法。我们之后必须离开旅馆,去亚马孙雨林的时间已经到了。我找了一个透明的塑料袋,把这封信的碎片都装了进去,然后检查是不是还有其他留在地面上,应该没有了,接着我把袋子藏进背包里。

我们飞奔出去,发现一群探险队队员已经在领队面前各就各位。有一个是巴西人,他在洛杉矶住了20年,开过一家爱尔兰酒吧;还有一个亲切的男孩和两个女孩,他们都是加拿大人。领队花了很长的时间检视我们,出发前还建议我们要准备好防蚊剂。我们没做任何进入亚马孙雨

46 进入蛮荒

林的卫生防疫措施，但他们安慰我们说，那些蚊子不过是非常非常烦人而已，就像强烈的暴风雨突然从头上降下一样。我们进入商店去找保护用品，购买防蚊剂，我们就这样专注于买防蚊剂这件事，却忘了还得买一卷胶带或一瓶胶水来修复乔安娜的手写书信。

"你们去找黑河的码头。"他们对我们说，"有快艇在那边等，会载你们去雨林。"听起来很简单，如果你知道在哪里的话。在一整片满载着水果、一笼笼鸡和山羊、一袋袋水泥、老旧压缩机，还有正要开始干体力工作的干瘦男人的船海中，我们怎么找也找不到，幸好驾驶员认出了我们，他大声呼喊我们。

我们在两条河流之间滑行，那两条河轻轻接触，河水的一边透明，一边浑浊，没有互相交融。我想象河中的生物从这边的水域游到另一边，好像听见鱼鳍在暗黑的水流中重重拍打，以及清澈的水流轻轻颤动的声音。两个世界，两种面向，一边透明，一边幽暗，就像安德烈的世界，我注视着河水，感到一阵寒战。

小艇有一段路程靠向岸边，我们看到一些大型的茅屋。那里的印第安人亲切地招待我们，他们不亢不卑，很快又回去做各自的事。午餐有简单的淀粉、井水和很棒的肉干，看起来几乎不怎么起眼。我们在吃东西的时候，那些男人们也在准备捕鱼用的独木舟。"抓食人鱼。"他们说。

"安德烈，我们要去抓食人鱼。"

"好漂亮。"

"谁？"

"小孩。"

一些小孩飞快地跑来营区，一下子又消失无踪。

我们一整个下午都在钓那些尖牙的鱼，不过那些鱼并不像电影里面看起来的那样恐怖。晚餐时，又来了三个德国人——两位男士和一位女士，他们已在森林里住了好几个星期。他们都长得很高，头发也一样很乱，活像是三胞胎，全是mirmecologi[65]。"mirme是什么？"他们很有耐

---

[65]. mirmecologi, 蚂蚁学家，单数il mirmecologo。希腊文字根myrmex，蚂蚁。

心地向我解释他们在研究蚂蚁,我不大相信,但他们从背包里抓出一些小小的容器,里面都装有一些不同的昆虫样本,还说我们所在的地方有很多蚂蚁王国,其密度是破纪录的,实际上我也开始感到有点发痒。

两位男士很钟情于切叶蚁,他们很激动地告诉我那些蚂蚁在树上培育着一种兰花,还给我们看了一些可能是他们女朋友的照片。安德烈走了过来,感觉他一点兴趣也没有。那位女士说他们也遇见过兵蚁,坚强得像是可以打败斯巴达勇士的战士。

我看起来应该是在非常专心地听,因为这些完全投入在蚂蚁研究中的蚂蚁专家的表情很严肃,像是要揭露一个世纪大发现般,他们宣称蚂蚁的世界呈现出一种超级组织的模式。

"超级组织?可是它们才不过半颗胡椒粒那么高呀!"

"想象一下,要是所有胡椒粒都集合起来,会有哪种爆炸性的辛辣芳香呢?每一只蚂蚁就像身体里的一个小细胞,聚集起来就是一个巨大的团体,因此它们能掌控未来……"

"我们可不喜欢变成一个超级大组织呀。"我说,但我了解他们的热忱。

我们还聊着时,天就黑了。好像电影院一样,既没有夕阳,也没有黄灯,只有黑或白,没有中间地带。我向四周看看,寻找安德烈。他对这种突然改变天色的事情会感到非常震惊吗?

因为没看到安德烈,我走回村子里。那边非常热闹,印第安人正安静地整理独木舟,准备去抓鳄鱼。我发现了安德烈,他正在黑暗中游荡,好像黑暗也没什么大不了的,这是他最爱的自由时刻。

在船上,我们完全失去了方向感,眼睛虽然习惯了,但也仅能勉强看见舵手在划着桨。印第安人熟悉这条河的每个角落,当他们一发现两个小红点时,便冲向水里,那是鳄鱼的眼睛,他们在一段很长的距离外便能辨识出来。他们选中身长不超过一米的鳄鱼,还必须有办法一手抓住它的嘴,一手抓住它的尾巴,不然会被它咬一口,然后让它逃掉。他们把一条鳄鱼放到独木舟上,在我们这些只习惯抓猫和金丝雀的陆地水手间造成了一阵骚动。大家小心地遵照印第安人的指示,用手传递那条鳄鱼,不

46 进入蛮荒

过那倒像是手上捧着一颗炸弹,彼此交换着一种和平的信号。

"我提醒你,安德烈,你要吻它就要轻轻地啊。"我小声地跟他说。

回程的时候,全村的人集合起来,有50多人,安德烈把每个人都摸过了。

有一个叫玛丽亚的美丽女孩,在安德烈四周绕着,她既害羞又好奇。大人们很直接,也毫不掩饰地告诉我们她有点聋,脑袋也不灵光。玛丽亚前前后后地奔跑,话不多,但总是笑着,我注意到在她身上应该也有着某些轻度的典型自闭症迹象。这个小女孩开始跟着我们走,我们试着跟她说话,她则是用充满惊奇的大眼睛观察着我们,像是被安德烈的举动催眠一样,跟在他身后。

村里的其他小孩跟着我们一起回到我们住的茅屋,他们要安德烈跟他们一起玩,而他的每个动作都引起了一阵满足的呼声。他们拉他一起四处蹓跶,不停地在村子里奔跑、玩耍,而带头的是安德烈和玛丽亚,其他小孩跟在后面,好不快乐地蹓跶。

我去学校找安德烈的时候,总是发现他在休息时都在庭院的角落,而且总是在同一个角落。他总是一个人,带着他的爆米花、点心或是一袋面包干,高举着手在天上挥舞,踮脚跳着。老师们总是很小心地叙述他这一天开始的状况,我仔细地听他们说,但不管怎么样,最让我感到受伤的还是他在这些每日动态外的状况。我知道其他学生会聚成小团体,但他不会,我知道有些同学会走近他,重复地说:"一加一等于多少?""少来,一加一这么简单!"有时候,他们会推挤他,会因为他的异常而耍弄他。我甚至完全没有呵斥他们,"异常"是一种惩罚,就算法律没有规定,在人的心理习惯上也是。就是这样,可以想象他受过多少屈辱。

再想想,他在这里像个部落首领。

看着他们彼此在手臂和脸上画蓝色的格线,安德烈开心极了。

这个晚上,三个柏林来的蚂蚁专家、两个加拿大人和他们的朋友、巴西观光客、我,还有两个马瑙斯的向导,全都坐在茅屋边,混杂着不同的语言、腔调,聊着不同的感受。

"明天我们要做什么？"清晰德国口音的葡萄牙语。

"明天看河豚。"纯正的葡萄牙语。

"食人鱼、鳄鱼，现在是河豚，这样不危险吗？"英语。

"很遗憾，上星期有三个游客被那些河豚扯烂了。"带着葡萄牙语尾音的英语。

"那你们把他们埋在哪儿了？"我的葡萄牙语带着意大利腔。

"我们没有埋葬他们，你们认为大森蚺都吃些什么？"带着英国腔、葡萄牙腔、意大利腔的嘲笑。

"这里没有电视，没有酒吧，也不容易四处走动，大家晚上在雨林里怎么过？"英语，夹杂着一点葡萄牙语和一点点担忧。

那两个向导对着伙伴眨眼，表情甜美，他们张开手臂，用各种语言说："那，晚上在雨林里，什么是你不应该做的？"

那位德国女性蚂蚁专家已经准备好再去抓蚂蚁，她说有个品种放弃了有性生殖，在出生时便将雄性功能束之高阁。

男人们听了交头接耳地低语，女人们则是笑。

很晚了，安德烈还不想回来，他在我们茅屋前的树林中游荡。我们的厨师也已跟安德烈混熟，他走来跟我说："去叫你儿子吧。"

"让他在那里玩吧，他很喜欢在树林里玩耍。"

"最好不要。你知道吗？晚上在树林里会有好几种蛇跑出来逛……"

"安德烈，马上过来这边！"

我们睡在一个架在空中的大茅屋里，屋底下有蟒蛇游移，四周有猴子呼啸而过，还有其他有趣的夜行动物穿梭。我们睡在吊床上，只有一根蜡烛照明。晚安，安德烈，你看我们在哪里……

我看安德烈在突然间睡着了，这时在烛光下，我拿出装着信件碎片的袋子，缺的就是胶水。我的吊床却有点像胶水一样把我粘住了！

47 马瑙斯

　　印第安人安排好独木舟,把我们载到河流中的一个地方,好让我们可以下水,在河豚旁边游泳。我们急匆匆地吃了早餐,想到可以接触那些很棒的哺乳动物,安德烈非常兴奋。"河豚好棒,女生好漂亮。"他说。那真是愉悦的片刻时光。

　　那段路程还挺短,不过当我们到达时,完全不想以铅块落水的姿势跳进水里。一个向导一边帮我们整理东西,一边跟我们解释亚马孙河豚非常敏感,因此不可以去抓它们的鳍和尾巴。之后,他非常沉稳地陪着我们跟河豚在一起。我们真的可以抚摸到河豚,它们的温度就像新生的宝宝一样,感觉真会让人上瘾。我照顾安德烈照顾得累了,要是他能骑上某只河豚的背,一定就能带他去巴塔哥尼亚吧!河豚的弟兄或鲸鱼的指挥者会是他的生命,或是他内在所感受到的吗?

　　我们像水蚤一样轻轻滑行,在水面上掠过。和其他游艇相遇时,大家互相挥手致意,眼睛注视着另一个方向的一些脸孔许久,交会时互相问着:你是谁,要去哪里,我会不会再遇见你……

　　回到村里,大餐桌已经准备妥当,还是那种味道难以形容的淀粉。你尝它一小口,散散的、干干的,吃掉它后,立刻又会吞掉下一口,这种完全无法想象的简单淀粉竟会这么美味。"这是马瑙斯的淀粉,很特别的。"他们说。他们说对了，那一餐是道别的午餐，我们将会回到城市，另一些人会进入雨林里，我们温馨地互相道别。

我寻找玛丽亚，发现她正在远处观察着我们，我们想要靠近她，她却笑着跑开了。

坐了两个小时的独木舟与一个小时的快艇，我们又回到了马瑙斯。旅行社提供了豪华的淋浴，表示对我们这些顾客的欢迎，我们也很满足地接受了这项招待。洗干净且香喷喷的我们出去探访这个有许多码头的城市，码头上到处都是香蕉树，放眼望去一片绿色。鱼市场大得像个足球场，有人跟我说，这是全南美洲最重要的市场之一。这里有数量多到不可思议的怪人，有几排人穿着白衬衫、打着领带，他们买了整箱的鱼，多到可以出口；还有个人长着一丛大胡子，相较之下，他更喜欢喝一杯纯生啤酒，这要胜过无数罐罐装熟啤。

我也来喝一杯，而安德烈还是爱喝他的水。

"噢，安德烈，你觉得食人鱼和鳄鱼像什么？"

他笑着走开，在卖鱼的摊子附近转着。

"那些叶子呢？喂，安德烈，我在跟你说话。"

难道那些树、那个巨大绿色子宫的力量，只感动了我一个人吗？对他来说，这个经历会不会只像在家中的花园里玩耍一样？就像什么事也没发生，什么帮助也没有？

我把安德烈的字条放在旁边，慢慢读着，接着拿起来，像他撕纸般地——撕成碎片，然后将它们丢进垃圾桶里。还留下一张，我仅剩的一张。

今天晚上发生在我身上的事就是这样。大概是因为这种心灵状态，或是不可捉摸的情感思绪，不管怎么样，我走进了一家旅行社，问有没有飞往阿拉亚尔达茹达的班机。那个办事员好奇地看着我问："您要带什么去那里吗？"

"我们得转交一封信。"我回答。

"一封信？可是那儿有3000公里远啊，把信交给我，我来帮您寄。我可以介绍您寄包裹，看是要寄往福塔莱萨、贝伦，还是拉克依斯马拉

47 马瑙斯

赫塞斯[66]，全都非常方便。"

他脸上的表情相当清楚地表明：这是什么人？竟然要浪费时间带一封信去个天知道是什么的鬼地方。

"亲爱的先生，"我说，"那封信碎了，变成碎片了。我没有办法寄出这封被撕碎的信，这样您了解吗？如果我手上有完整的信，也许我会拿给您。请问您有邮票可以寄变成碎片的信吗？"

"没有。"那个男人回答。

"看吧！"

我想，安德烈可能比我所想象的更清楚我这个人，他的反应总是让人意想不到，也许我无法跟他谈论树和树叶，但最后总是他拉着我往某个方向走去。

旅行社的人最后投降了，"好吧，那你们可以飞到巴伊亚州的萨尔瓦多，之后租车，您可以先在我这里订购。还有，不要错过一些重要的地点，例如，巴拉格兰德、伊塔卡雷……都不错的。"

"好，没问题。"

"信差是个很严肃的工作。"我对着安德烈说，还向他使了个眼色。

"到萨尔瓦多的班机是半夜2点。"

"请问您有胶带吗？"我问。

"没有。"

"胶水呢？"

"没有。"

---

66. 福塔莱萨是巴西北部重要的经济城市；贝伦位于巴西东北部帕拉河畔，被视为赤道最大的城市；拉克依斯马拉赫塞斯位于巴西东北马拉尼昂州，有个景观非常特殊的国家公园自然保护区。

如果我拥抱你，请不要害怕

48 牛和洞

天空阴郁得无法穿透，安德烈靠在窗边，我在中间，靠走道的座位是一个个子矮小的老人。

"您怕坐飞机吗，先生？"

"我看起来很害怕吗？"

"您看起来像在担心什么，不过应该不是怕坐飞机吧……"

如果你是在电话中听到他的声音，没看到他的脸，你可能会以为他是个60岁左右的老人。

没错，他的皮肤像乌龟皮，整个人有如生长在干旱地区的白杨树，但眼睛太有神了，让我相信那是一双属于幸福的人的眼睛。

他坚称已有92岁，有3任老婆和14个孩子，这让他度过了愉悦的时光，而他现在正要去巴伊亚州的萨尔瓦多看他最小的儿子。

"先生，"我对他说，"我不敢相信您真的有将近一个世纪的生命。"

"为什么？100岁又不是件丢脸的事。"他回答。

"因为您充满活力，先生。就各方面来说，一个92岁的人无法像您这样活跃。"

他有着湛蓝的眼睛，几乎透明。

48 牛和洞

"我从来不穿毛衣的。我一辈子都在捕鱼,从没有感过冒或生过病。"他接着说,"有人说爱是人类的特质,就像重量之于铅一样,因为爱会自己来找你。"

"然后呢?"

"我发现爱就像温度,你可以降到零度以下或是飙到100度。有时候需要保持距离和安静,因为有些人就像水银一样,你一碰就散成许多小颗粒;有些时候则必须靠近,像呼吸一样。为了要让灾难和爱协调……"

"所以呢?"

"我给爱装上一个我自己发明的控制阀。我知道几时要升,几时该降,根据不同的人和时间而定。先生,爱就是一种能让花开的适中温度。大概因为这样,死神才不想要我……"

"死神不会放过任何人的。"

"这倒是真的。不过死神也想跟我要这个控制阀的秘密,我才不给他呢。当它找我的时候,我就旅行,这样不好吗?"

"不,先生,这样好极了。"真是个汉子啊!

到了巴伊亚州的萨尔瓦多,我们就去佩洛尼奥,那里在一个山丘上,是个相当漂亮的地方。但20年前这里是个三不管地带,连警察也不敢涉足,有可能是因为帮派,或是那些喧闹的鼓声……

我们在一些彩色的小房子之间走着,有时候会飘出阵阵美妙的香味,我们听到咚咚的击鼓声从远处传来,街上洒满盐巴,乐队走近时我们完全被镇住了。

我和一个出租车司机聊天,确定好去阿拉亚尔达茹达的路线。第一站要先去巴拉格兰德。

"最多一个小时就到了。"

事实上,去那里需要四个小时以上,我确定这些巴西人在吹牛!

那趟旅程不错,可是非常坎坷,最后50公里路坑坑洼洼,到处是会害人的大坑洞。

我试着跟安德烈对话,结果搞得自己纠缠在牛和坑洞[67]的混乱里。

"安德烈,你看到牛了吗?"

"洞。"安德烈说。

"不是啦,安德烈,洞是破坏我们车的那种。那边那些是牛,好吗?破坏我们车的是什么?"

"牛。"

"不是牛!是洞!前面那些白色、有四只脚的是什么?"

"洞。"

我把车停下来,下车说:"不行,这个问题我们一定要解决!好!那些白色有脚的是牛,这些在地上的是洞。地上的是什么?"

"牛。"

牛,洞,牛,洞。我们完全绕不出去,我急了起来。冷静,冷静,深呼吸,点根烟,吐口气。

我们在天黑时到达巴拉格兰德,人也累瘫了。幸运的是,我们找到一个不错的旅馆。我们出去的时候,把鞋脱了,因为他们说:"在这里,你可以赤脚走路,街道的路面都是沙子。"安德烈像是从来没跑过般地踮起脚尖快跑起来。

---

67. 在意大利语里,牛是mucca,洞是buca,发音不清楚时有可能将二者混淆。

49 照看好他呀!

在巴拉格兰德,柏油这东西还没有被发明。他们不想要现代化的道路,只因害怕观光客的攻击。他们用魔法保存了这个小角落。小小的广场,简单又充满想象的房子,还有一种宁静,仿佛可以听到海洋的低语进入房子里,在一小群愉快而恬静的朋友和熟人之间回荡着。

我们来到一个小小的工作坊,询问海滩的信息,有个女人刚过来要回答,安德烈便一把抱住她。我跟他说慢慢来,说不定人家不喜欢你抱,她则是令我惊讶,竟用意大利语回答我们。她自我介绍说,她叫雷吉娜,嫁给了意大利人,然后又很快告诉我们,我们来到一个天堂,生活在巴拉格兰德是她所知道的最棒的事了。她看看安德烈,对他微笑,接着说巴拉格兰德是最适合他的地方,这里的人应该都会很喜欢他。她带我们去看那些隐藏的海滩,我们喝着椰子水,时光就这样流逝了。这真是一个轻松的下午,不过说实话,并不是对所有人来说都很轻松。

沙滩上有个摊贩看见这个瘦高的观光客,心里大概预期会有个愉悦的交涉,接着就可以开开心心地卖出东西。"戴一下看看吧!"他对着安德烈说,为了更有诱惑力,他还抓了满手的手环伸向前。安德烈只听懂了字面上的意思,于是抓起手环,突然间,不晓得是那个人的表情还是什么没人知道的信号,安德烈跑了起来。那个摊贩吓了一跳,犹豫了一下后，就飞快地想去追他。因为太激动，他绊了一跤，打翻了所有珍贵的商品。我在一段距离外，无法插手。那个摊贩跌倒在地，大声喊叫，喊得像是要被杀了一样，不过还没死。安德烈听到这声喊叫，更是点燃火力，加速前进。旁边四五个人听到那声惨叫后，以为安德烈真的是强盗，也闹哄哄地赶紧追捕。我赶到那个摊贩身旁，呼吸急促并口齿不清地跟他解释。他冷静下来后，大声对那些追捕的人说没事了，那些人回过头来，一脸难以置信的样子。如今已是众矢之的的安德烈看见那一小群追逐他的人的迟疑后，也停了下来。

于是那群人疯狂地笑了起来。那个摊贩对我说："把这小子照顾好一点嘛。"

"是。"我说。

我听到各种语言在说："Take care of him（照顾好他）！""Pay atention（注意）！""Cuidalo（看好他）！"

好，好，我会照顾好他，大家别激动……

50 谢谢

为了继续赶路,我们必须再走一次那50公里的"牛和洞"。我学乖了,决定不管它。抵达伊塔卡雷后,我们找到一个独立的大海滩,那里有棕榈树,还有个从岸边的山上泻下来的瀑布,水流几乎直接入海,海滩的沙清透又耀眼。今天要完全放松休息。

我躺在棕榈树的树荫下,一阵想要读信的欲望强烈升起,我想要重读这次旅行中收到的所有邮件。

我叫安德烈来,因为我知道每当我们看电脑上的照片或读信时,他总是显得很有兴趣。

"安德烈,这里也有弟弟寄来的信呀!"

"弟!"

"托蒂[68]说紫衣军团[69]需要的是一个后卫,而不是在不加赞助商广告的球衣上写'足球是件有趣的事'。佛罗伦萨队买了达格斯蒂诺、博鲁奇、因苏亚,卖掉戈比,把凯里森卖给了巴塞罗那;那不勒斯买了卡瓦尼,米兰买了阿梅利亚、耶佩斯、帕帕斯塔索普洛斯,迪达和法瓦利合

---

68. 意大利著名足球运动员,效力于意甲罗马队。
69. 意甲足球队佛罗伦萨队,球衣为紫色,俗称紫衣军团,所在地为佛罗伦萨。2010年夏天,球队在一件无赞助商广告版的球衣上加上了"足球是件有趣的事"的标语,作为球队的座右铭。

如果我拥抱你,请不要害怕

同到期未续约,也许小罗纳尔多会到弗拉门戈;罗马买了辛普里西奥、阿德里亚诺和罗西;尤文买了博努奇、马丁内斯、佩佩、斯托拉里、兰扎法梅和莫塔,卖掉了卡纳瓦罗;国米买了比亚比亚尼、卡斯特拉奇、库蒂尼奥和法拉奥尼,然后卖掉了阿瑙托维奇和夸雷斯马,还有多纳蒂被卖到了到莱切[70]。再见爸爸。"

"嗨,爸爸,我今天很想你。我爱你,请跟安德烈问好。"

"我们的球队在冠军赛前就阵亡了。我得到一个奖牌和一个球,我很抱歉结果是这样,给你一个吻,你的冠军。"

他是在安德烈之后出生的儿子。这可不是件无关紧要的小事,不记得是谁,曾非常不敏感地跟我说,这两个儿子患自闭症的概率是一半一半。还是有人会这样看这件事。

出发前,我和小儿子在家里玩足球,我的球门总是在玄关,而他的总是在阳台。我们假想这是一场真的冠军赛,我们记分,有进球排名,还把所有成绩都写在一个大板子上。在每一场比赛中,我们都在讨论着我跟安德烈的远行。我跟他说,他要负起家里的一些责任,我知道我可以信赖他,他也很认真地承担了一些家务,我看到了他的沉着。我们约定好回家的时候,要告诉彼此这个奇特的夏天是怎么过的。

安德烈非常激动,我们也一起重复念着那些写信给我们的朋友的名字。

"你知道有好多人,大家都在关心我们,都爱我们吗?"

"大家好好。"

"我们要不要给大家来说个很大的谢谢?"

"给大家谢谢。"

"那把我们的感谢放到海上,用你的方式把它送到世界的另一边,好不好?"

安德烈笑了。

所以就在一个遗世独立的海滩上,两个大男人看着海浪,张开手臂,大声吼叫:"谢谢!"

---

70. 叙述了2010年夏天意甲主要球队的球员交易情况。

51 可可

  这是罕见的巧合吗？昨天晚上晚餐时，我们遇到一个曾经住在阿拉亚尔达茹达的人。那位先生很活泼，矮矮胖胖的，在一个甜点摊前跟安德烈玩了起来。

  "你们从哪里来的？要去圣保罗还是里约？"到最后我们变成在聊阿拉亚尔达茹达。

  他对我们详细描述了那个地方和那里的人们，他也认识乔安娜。"她是个美丽的女人。"他还知道她必须离开阿拉亚尔达茹达是因为一桩暴力事件，有个名叫阿尔瓦罗·迪亚斯·巴博萨的恶棍，一直纠缠着她。他也认识乔安娜的外孙女罗克萨娜，知道她有段时间没看到罗克萨娜了，不过他自己一个月才去阿拉亚尔达茹达一两次。

  会不会是乔安娜在开我们的玩笑？一股不确定感笼罩下来。

  去伊列乌斯的路上，我们停了一站，到一个海滩上散步，也不知道什么原因，我和安德烈大吵了一架。我当时心情很混乱，路程很长，我们都很累，我从没有那样暴躁过。我们的口角起因于他一直要摸我的手，他抓起我的手，向我推挤，然后就咬。这样来回很多次，他就是要干扰你在那当下的每一个动作。

  我不想让主控权落在他那方，但因为思绪并不是永远都很顺畅，你无法总是以理智来面对阻碍，所以有时就会爆发。

就像墨水突然滴下，像墨鱼汁那样黑。那些安德烈重复说着的句子，像是唱片卡住了一样，让人的自制力无法再坚守下去，对话很容易就会中断。他对咬人的需求、拉扯头发的需求，还有那些总是要摸人的肚子或突然抱人一把的需求，对我来说，全都像是无法忍受，永无止境，超越了我所能忍受的范围。我的内在像是一次塌方，产生了必须将安德烈夷平再堆起的需求。我开始问他想做什么，我一再坚持，绝不放弃，好像我从不认识他。

"你要做什么，安德烈，跟我说你要做什么……"

"在这里。"

"做什么？"

"在这里。"

"好，但是我们在这里要做什么？"

"在这里。"

唱片跳针。

"在这里。"

"如果你要在这里，什么事也不做，那我走，你就独自留在这里。"我想要他说一些新的字眼，哪怕一个字也好。我边走开边对他说："你一个人留在这里好了！"

安德烈没有反应。

我暗中看着安德烈坐在原地，在100多米远一个被棕榈树密密遮盖的棚子下，就在我丢下他的那个地点，静止不动，眼睛盯着海面看，这一个小时比整趟旅程还久。我的思绪加速，在状况恶劣的弯道上打滑。我必须诚实面对自己——我一直怀着一些期待，而现在一切看起来都是徒劳。我苦思，到底是无尽的耐心有用，还是粗暴的斥责奏效？但没有人能告诉我，哪些方法对安德烈最有效。我相信我已竭尽所能，当他还把事情搞砸时，我就很生气。我看着像一根柱子矗立在无人沙滩中央的他，头顶是毒辣的太阳，眼前是渐渐变成敌人的海浪。

"不行。"我对自己说，"对他，我不应该用尺来规范，科学行不通。对他，更需要的是一种错误理论，要接受许许多多的错误，要真真切切地吸收它。"

我咒骂，但是我爱他。我不知道是什么构成这份爱，我想没有一个做父母的能轻易回答这个问题。它有时深藏着，有时被忽视，有时只是一种对自己的爱，有时只是单纯地感受你所传递出去的生命——从一个点出发，你接收了它，再把它传递给某人。

我站起来，对安德烈做了个手势，他像箭一样地冲了过来。他的眼神快速移动，你不知道究竟是从哪种高处或哪个距离投射出来的。我也突然加速，向他挑战，也奔跑起来，我使劲奔跑，直到喘不过气。他超越我，永不放弃。我们握手言和，一如既往。即使到现在，15年来的许多艰难时刻，我仍有满口说不出的苦。这不是件容易的事，完全不是。

离开海滩寻找我们的车时，我看到一个女孩，她穿的T恤上写着："绝对不要放弃，总是会有希望。""总是"那两个字写得很大。好奇怪，"总是"这个词这么简单，这么能抚慰人心，这么惊人，犹如虚构，却是个伟大的虚构。也许我感受到希望，感受到未来仍然掌握在手里，仍有能力去行动，而不是承受。

我又和安德烈玩闹起来，我们也尽情地一起大吃冰淇淋。我走偏了，而后又努力找回站在那条细绳上的平衡感，因为我无法选择另一条更好走的路。

我们在下午时抵达伊列乌斯，决定把车洗一洗。我把车交付给路边的一群孩子，他们像是擦拭圣石一样地工作着，一边笑一边推挤，口水吐在抹布上，当我又经过大灯旁的时候，他们还担心我会看见。现在，车像刚出厂般崭新。

这里曾是可可王国[71]。我们开着车走一段路，感觉像是欧洲所有巧克力食用国派来的大使。

我们走在路上，挥着手，脱口而出的都是些神奇的字眼——牛奶巧

---

71. 伊列乌斯曾经是世界最大的可可豆出口地。

克力、榛果巧克力、榛仁牛奶巧克力[72]。那里有许多巧克力工厂和好多满载着像金砖一样的巧克力块的船只；空中画有复活节彩蛋用的模型，我很惊讶，在那里，我突然想起那只蓝色毛虫[73]从一颗巧克力岩浆超级蛋中跑出来，然后我还抓满小彩蛋，让它们一一溶化在嘴里；还有那些不想拆掉锡箔纸的金币巧克力，以及可以像大蟒蛇吞吃小猎物一样吞吃的一袋袋小巧克力豆……安德烈以发狂般的欢喜拥抱人，因为巧克力总是像忠实的朋友一样陪伴着他。

维苏威老咖啡馆贴满了照片，以纪念可可传奇和曾生活在此的作家若热·亚马多（Jorge Amado）[74]。在户外一张大理石桌前，一个作家的雕像像顾客一样坐在那里。

"安德烈，这是豪尔赫（Jorge）[75]。"

"豪尔赫好好。"突然间，他让我明白这不是那个豪尔赫，不是那个住在哥斯达黎加简陋茅屋中的豪尔赫。好天真！他会将那天经历的所有细节记住很久。

我们像三个熟客一样坐着，亚马多并不怎么开心。安德烈靠着他的肩膀，看起来很亲近，他们还一度脸贴着脸。

"你想跟亚马多说什么话吗？"

"不要担心。"

---

72. 一种由巧克力和磨得极细的榛果所制成的，其比例是：每100克的成品必须含有32％的可可粉和20至40克榛果。
73. 请见第1章。
74. 巴西作家，曾获诺贝尔奖提名，他的一部小说曾以维苏威咖啡馆为背景。
75. 哥斯达黎加的那个孩子与这位巴西作家名字都是"Jorge"，西班牙语发音类似"豪尔赫"，而葡萄牙语发音则似"若热"。

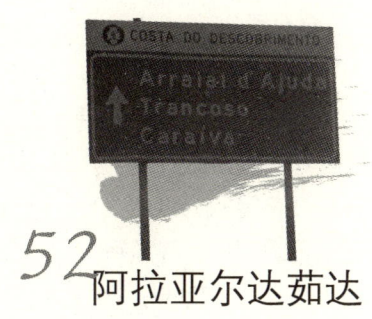

52 阿拉亚尔达茹达

多问多安心,我们向不同的人询问,他们一致确认我们距离阿拉亚尔达茹达只有十几公里了。

沿途的景象正如我们在伊列乌斯遇到的人所形容的那样,我们看到一辆废弃很多年的大卡车,一些装饰着小彩旗的棚屋,成群的牛横在路上,主人管都不管。那里有鸵鸟养殖场,还有醒目的招牌,宣告政府在这里的一项主要任务——照亮全国[76]。在伊列乌斯遇到的那个人真的对这个地方很熟,显然他有相当好的视觉记忆。可惜的是,他不记得最近几个月里是不是曾见过罗克萨娜,这对我们来说太可惜了,如果他说的话都是真的……

我们经过塞古罗港这个小镇,必须从那里越过一条河,才能继续前往阿拉亚尔达茹达。运输的船是一艘能一次载上20辆汽车的拖板船,感觉就像是一个市集里的小广场,可以在这里听音乐、跳舞,也有卖烟和可可的摊贩。有些跟我们一起上船的人并没下船,反而留在船上,这样在两岸间移动,度过好几个小时,光这样就能让一天过得很有趣味。

---

[76]. 葡萄牙语Luz para Todos,意为给所有人的光,是巴西政府自2003年起推行的一项公共政策,目标是鼓励使用再生能源,将电力带到全国的各个偏远地区。

如果我拥抱你，请不要害怕

　　汽车一次一辆地下船，各种状况都有。有辆大货车像锅一样喷着气，女士们一边聊天一边穿越各种难以超越的障碍，然后是吱吱嘎嘎的声响、一次次踩油门的声音，接下来又是一连串的坑洞，我们慢慢地往阿拉亚尔达茹达前进了。

　　我们寻找可以给我们一些启发的线索，也确实让我们看到了——一个橘色的大广告牌上写着"意大利"，下方有个男人坐在一张有绳编坐垫的椅子上。我迟疑了，这绝对不是巧合。

　　"先生，为什么这里会有这个广告牌？"我问。

　　"因为我喜欢意大利呀！"那个男人很留神地回答，然后问，"你们是意大利人吗？"

　　不过没等我们回答，他灵光一现地大声说："欢迎到阿拉亚尔达茹达！"接着他站起来，看起来像荷兰巨人，又像是带有阿尔加维[77]肤色的渔夫。"是乔安娜要你们来的吗？"

　　我下车，自我介绍了一下。很奇怪，安德烈站在原地没有动。

　　"我们得把一封信交给罗克萨娜。"

　　"我是欧吉修，是乔安娜的弟弟，也就是罗克萨娜的舅公。我姐姐在电话中跟我说过这件事，她很确定你们会来。"

　　"你就一直在这里，在路边等我们来？"

　　"没有，我前几天才在这里竖起这个广告牌。我是一家小餐馆的厨师，没事的时候才过来等。我今天真是走运了！"

　　我回到车上，在背包里找出装着那封信的碎片的袋子，拿出来给他看。他难以置信地看着那袋碎屑，我赶紧向他解释我会尽可能把信恢复原状："我儿子安德烈把它……该怎么说，他太喜欢这封信了。"

　　"那你们看过内容了？"他有点反感，激动地问。他扫视着安德烈，在他看来，把他姐姐的信撕碎是一个很可恶的行为。

　　"没有。"我极力否认，"我也绝对不允许。"

　　"你们该不会是看过以后故意把它撕掉吧？"他有点暴躁起来。

---

77. 葡萄牙南部的大区。

52 阿拉亚尔达茹达

"你怎么这样说?"

"确定没看?因为真的不应该看别人的信!"他以他的高度俯视着我,双手像钳子,光是拖鞋就有我们的背包那么重。

他自顾自地想了想,之后想要拿走那个装信的袋子,他说他会交给罗克萨娜。

不行,我没有勇气把那袋碎屑交给他。

"先生,这封信应该要交到它应该去的地方。"他坚持说。

"收信人是罗克萨娜。"我也坚持。

此时,安德烈似乎看到闪光,他打开车门,飞快跑了几米,接着转身,不知道在搜寻什么东西,并看了一眼欧吉修。欧吉修这时走来走去,摩挲着手臂,感觉像是在安抚自己。

"先生,也许我应该趁这机会跟你解释一些事……"

我在巴西的阿拉亚尔达茹达,听一个男人告诉我,他姐姐乔安娜曾经和她女儿伊马克拉达住在圣保罗。伊马克拉达从小就是个爱惹麻烦的孩子,总跟一些流氓鬼混,甚至还跟其中一个人生了一个女儿,然后人就不见了,留下那个小孩,也就是罗克萨娜,给乔安娜扶养。"我说服姐姐来这里住,她也在此把小孩养大。现在罗克萨娜18岁了,是个漂亮的女孩……"

真的有罗克萨娜,我放心了。"安德烈,有罗克萨娜这个人啊。"

"很可惜的是,她变得跟她妈妈一样怪里怪气。可怜的乔安娜,她经历的已经够多了。我甚至可以说,生活夺走了我姐姐太多自由,但似乎还不够,一个丑恶的家伙还来搅局。有个人要娶她,说要娶她去当第五个老婆,他已经有四个老婆,还要娶第五个……"

在伊列乌斯遇到的那个人曾提过有个叫阿尔瓦罗·迪亚斯·巴博萨的家伙,但我没说出来。

"因为这件倒霉的事,我帮她搬到巴拿马,并帮她在朋友那里找到一个工作,她就定期寄钱过来给罗克萨娜,但罗克萨娜不知道要顺她外婆的心意。我们大家都有点担心她,大概三个月前,她说一直梦见她妈妈,还想去看看她出生的地方,于是突然偷跑到圣保罗,从此以后就完全没有消息了。"

"安德烈，没有罗克萨娜了！"我惊叫道。

"没有人敢跟乔安娜说这件事。她打电话给我们的时候，我和在阿拉亚尔达茹达的朋友们就跟她说那孩子很好，现在已经工作了，让她不要担心，年轻人不把家长放在心上是很自然的事。我们大家当然都希望她会回来，我们在圣保罗也有认识的人正在找她……"

我拿起那个装着信件碎片的塑料袋，觉得它好像散发出乔安娜的灵魂，还感觉到她怀着希望跟着我们飘到这里。

好吧！我们现在要找家旅馆，之后重新整理一下想法，再来决定该怎么办。最重要的是，我要想法子解决那一封信。

欧吉修一边拆下那个写着"意大利"的大广告牌，一边说乔安娜的小屋现在是空的，若我们愿意的话，可以住在那里。他接着说："在这个地方，跟我们住近一点会比较方便。"

安德烈走向欧吉修，几乎要去抱他了，随后又转身往小村庄走去。我看到他消失在一个转角，我叫了他几声，没有回应，我便跳上车，却因为欧吉修而慢了下来——他身材高大，要挤进车里有点困难。安德烈没有走很快，我在第一间屋子前追上他，他正在调整挂在门上的铃铛，弄得叮当作响。

"上来！"我对他说，"我们要出发了。"欧吉修把手伸出窗外，在色彩缤纷又宁静的小巷弄间为我指路。突然，我们的队长伸开手臂说："从这里开始我们得步行了。"我们走进一条小路，最后来到一个崖边，沿着崖边有一些面向海的小房子。我们要住的房子大门没有上锁，厨房像蛋壳一样脆弱，有两个备有基本卫浴的舒适卧房，还可以听到海浪声，我觉得这里就像天堂。安德烈每个角落都检查，每个抽屉都打开，找东找西，他找到一两个汤锅，窗台前还摆了几个玻璃杯，每个都长得不一样。

欧吉修在一个抽屉里找出一个装有三张相片的相框，拿给我们看，我认得出乔安娜，虽然照片里的她很年轻。"这个是伊马克拉达。"他对我说，"这个就是罗克萨娜。"罗克萨娜比她母亲更像外婆，一样

52 阿拉亚尔达茹达

的嘴唇,同样像黑洞般的眼睛。伊马克拉达是唯一像是用眼神在询问的人,好像在问一些没有人能回答的问题。

我把罗克萨娜的照片拿给安德烈看。"漂亮"是他的回答——斩钉截铁。

欧吉修完全缓和了下来,他说:"待会儿见。如果你们有什么需要,可以来餐馆找我。"然后他就消失了。没有任何客套,他走进又走出,就像在一个简单的世界里。

我们有个完全属于自己的房子了,但同时又很不确定——我们带着一封破碎的信来到阿拉亚尔达茹达,却又找不到收信者,我心里感到有点惶惑。"安德烈,我们要在这里做什么?""去游泳。"他很果决地回答,一如既往。

没错,我们像没有罗盘指引的候鸟,在美洲飞来飞去,现在需要过一点正常生活,要去采买水、面包,还有一些早餐吃的饼干。

不知怎么地,完全不知道为何,我此刻很想停留在此。这里应该是旅行的最后一站吧!

我们开始在阿拉亚尔达茹达走动,又遇到了欧吉修,就在餐馆的门口。他刚把一张海报贴上去,上面写着:"给罗克萨娜的信已经到了。"他问我们有没有什么问题,我说没有,那也是事实。

"很好,安德烈过几天可以来参加派对,所有年轻人都会在海边,是个交友的好机会……"

"不知道他能不能去。"我说。

"为什么?那孩子有什么问题吗?"

我睁大眼睛,犹如他在耍我般。

"你在开玩笑吗?他是个自闭症患者!"

"啊,你吓我一跳,我差点以为他是有什么病……"

欧吉修非常严肃。

"所以,派对呢?"

"他可能得一个人在一堆不认识的人中适应,我们考虑一下。"

我们提着大包小包装满食物的袋子,再度走上小径。这是这趟旅行中我首次下厨做饭,我用了乔安娜的锅和木匙,她有可能在巴拿马都能闻到这些食物的味道。晚餐后,我们到门廊的吊床上闲躺,从高处眺望着海洋。我手里玩着一小卷胶带,我有胶带了,我会把那封信重整起来的。宁静包围着我们,我们也沉浸在阿拉亚尔达茹达的夜色里。

53 信差

夜里，一阵风把吊床吹跑了，也把抱枕、毛巾和所有放在门廊的东西都吹掉了。那些声响把我吵醒了，我在雨中追逐着远远翻滚的抱枕，赶在这些毛巾变成风筝前及时抓住它们。

安德烈完全没有听到任何声音，他睡得很沉。

在我房里的桌上，我开始在一张纸上整理乔安娜那封信的第一批碎屑。我在上面又盖上一张纸，还压上一个石块，以免整个飞掉。乔安娜那封信的两面都写有字，这一点很不利，加上安德烈把纸张撕成了极小的碎片，我看得预支很大一笔"耐性"。

早餐是水、咖啡和饼干，对我们这两头熊来说，这些实在太少了。我们来到阿拉亚尔达茹达城中，"洗劫"了所看到的第一家餐馆。他们替我们找了两个位子，我们俩就在街上一口一口地吃起甜佛卡夏面包。

"你有没有学到什么新字？"

"有。"

"哪个字？"

"有。"

"快啦，安德烈，葡萄牙语的海滩怎么说？"

"有。"

"Praia！"

"Praia！"安德烈大喊。

"看到没，你也会一点葡萄牙语了。"他笑了，脸上带着腼腆却又很机灵的微笑，我觉得他好棒。

我们的到来没有人不知道，"有两个特别的信差抵达"的消息传播着。有一个类似嬉皮的叫图立欧的人来找我们，为了要送给我们一个他亲手做的曼陀罗。街上还冒出一个卖冰淇淋的女士，她提供了意想不到的招待，指定要给安德烈。

"好帅的小伙子啊！"

"绿色冰淇淋，绿色冰淇淋。"安德烈回答，并在她脸颊上送上两个吻。

卖冰淇淋的女士陷入一阵狂喜中。

"要不要把他送给我？"

"嗯，不知道啊……"

"我免费招待你20公斤巧克力冰淇淋。"

"20公斤啊……"

"再加10公斤木瓜口味的，5公斤番石榴口味的。"

"有意思……"

"好！那我再加上30公斤这种碎冰钻的。"

"嗯，成交！不过我怕你明天可能会来退货。"

那个卖冰淇淋的女士甜甜地看着我，她应该会乐意照顾安德烈，因为她说她感觉得到他的气场，也能看到他坐在慈悲的上帝身旁。

我们俩开心地双手拿着冰淇淋散步，然后安德烈就直接冲往海边了。

阿拉亚尔达茹达的夜晚真是非常独特。广场上到处是气定神闲地聊天的人们，有些谈话很夸张，几乎像在演独角戏，不过看来大家都很认真地在听。我们停下来看了一会儿，后来安德烈便开始搜寻起来，他在一小群一小群的人们之间穿梭，摸了某人，又拍了某人的肩膀。"你是谁？"有人被抱了一把。欧吉修在餐馆休息时过来，把我们介绍给他的

53 信差

朋友和认识的人,又再度向大家宣布一如那张海报上写的——我们带来了一封很重要的信。

"说是带来啦。"他感叹道。

"我正在赶工。"我跟他说。

我们跟很多人握手:纳迪娅、塞巴斯蒂昂、塔德乌、伊马、约约玛、奥代利亚、富特波尔,还有雷希纳尔多,但我们搞不清楚谁是谁。

过了一会儿,欧吉修回餐馆了。唐纳德走了过来,他是加拿大人。他马上看出安德烈的状况,因为他母亲刚好在做一项跟自闭症有关的项目,他跟我提起一种治疗方法,据说要把身体里的重金属排除掉,也许他母亲会很有兴趣见见我们。

大家渐渐走了,有人来跟我们提起那个讨厌鬼阿尔瓦罗·迪亚斯·巴博萨的伤心事,说他不惜任何代价都要得到乔安娜,除了睡在她家门口,还威胁她,也威胁所有她认识的人,真是做尽各种可耻的坏事。接着换我们告诉他们意大利的事,他们都知道我们来自欧洲,而且还是那条长长的尾巴[78],也知道我们有教皇,有罗马和威尼斯,是伟大的足球冠军,他们更想知道安德烈·波切利是真的瞎了还是假的。

"是真的。"我说。

有人不相信,还说要赌一赌。

---

78. 也就是我们说的靴子形状,意大利版图的形状。

如果我拥抱你，请不要害怕

54 泥土

感觉真是奇怪，一直坐在车上，走过许多路程后，还能徒步去观察那些并不流动的背景。窗户都静止在那儿，我算着窗台前那些花朵的花瓣数目。我按门铃，但不向谁问路。我也能回应坐在路旁板凳上老人们的问候，并走进一些卖零零碎碎的小东西的商店，那些手写的可爱解说牌总是吸引着你，例如，"幸福之杯""喜欢才买"，让你有股想要买下所有东西的冲动。店主非常亲切，一点也不烦人，他们总是聊着其他的事——镇上的事，邻居的孩子，或一只走失的猫，或是神秘地靠近海滩、没有人知道它们到底是谁的那几艘船——而不是他们的商品。那是一种绵密的窃窃低语，像是在织着一张毯，每个人都献上一针一线、一个想象或一个自创的奇想。

欧吉修不知从哪儿冒出来，问我能不能让安德烈跟他走，他想介绍几个朋友让他认识。

"你想要跟他去吗？"

"要。"

我向他复述了一些注意事项：要跟着欧吉修，不可以自己一个人跑掉，不可以骚扰别人。

欧吉修是个壮汉，身手矫健，但也很谨慎小心，我信得过他。我看

54 泥土

着他们两人肩并肩地消失在彩色的房舍间。

我在那片晶莹透明、往海洋延伸的沙滩上漫步着。

"把罗克萨娜的信弄好，"我对自己说，"然后就够了，我们就回家。"我手上有一家旅行社的电话，于是开始询问有没有回去的班机。现在没有直飞班机，所以我留下电话号码，他们会再打来。

我在特雷蒙丹要了杯啤酒，那是一个孤立在海边的酒吧，老板满头拉斯塔发辫，他信仰神、女人以及炸薯条的艺术。"但如果要了解关于生命、宇宙或是关节炎，你一定要去蓝色潟湖里泡一泡。"他接着说，"离这里不远，你要现在过去都可以。"

当然，还是要先喝完一杯啤酒。

依照特雷蒙丹老板的指引，我沿着一条隐藏在树林间的小路前进，半个小时后，便看见一个很大的岩洞，洞顶上有个瀑布向下注入，带来大量的泥沙。在岩洞前有几个满是泥巴的泥窟，带点土红色，那些泥沙像是静脉的血，颜色锈红又黏稠。男人和女人们都以新的皮层示人，看起来龟裂，灰灰的，像是穿上了甲胄，就像一只只乌龟或一头头犀牛。有些人看起来像是艺术泥砖、泥塑动物、干涸的泪滴，或像是因为叹息而破损的肺脏。

在瀑布下，水的拥抱极为舒服，水流像是每下降一米就减速般地落下，一碰到身体又立刻滑走了。

我想要把心都放空，但相反，乔安娜把信交给安德烈的画面出现在眼前，让我感到一阵寒战。

回到阿拉亚尔达茹达，我整个人像是一块洗了又洗的布，软绵绵的。在小广场的入口处，欧吉修和安德烈坐在一张长凳上等着我。

"欧吉修，我得跟你说……"

"什么事？"

"我必须跟你姐姐谈谈，你能给我她的电话号码吗？"

"看吧！我早就想到了！你要跟她说罗克萨娜的事？你想告密吗？"

"我没想要告密！我必须跟她说实话，说我没办法把信送到。"

"太棒了！那你的实话对她来说会怎么样？让她知道她的外孙女不知道在圣保罗的哪里，会比让她想象她还在这里好过吗？你想过这点吗？"

我说不出话来。

"这件事让我们来处理……"

欧吉修接着说，派对的事一切都安排好了，安德烈也已经认识了一些年轻人。

"安德烈，你真的要去参加派对吗？"

"派对好棒，爸爸。"

我们在乔安娜的小屋吃晚餐，这里感觉有点像我们的家了。我买了一些面食和几个西红柿，把它们弄成了还不错的番茄酱。

我们在门廊大吃特吃的时候，我看见欧吉修和一个女孩远远地走来。"哇！安德烈，有客人！"我们看着他们。那个女孩的步伐很有自信，眼神也很有"强度"。

"她是安赫莉卡。"欧吉修说。

那个女孩穿着浅色牛仔裤、凉鞋和一件花衬衫。她的手小小的，很细致，还是小孩的手，不过可以看出她是个很独立的女孩，在这个地方，孩子们成长得非常快。

我跟她握手，邀她坐下。

安赫莉卡很正式地邀请安德烈去参加海滩上的派对，那天也是她的生日。她带着一种挑战的姿态看着我，很显然，欧吉修已经跟她提过我的困扰。我向她解释，我很希望安德烈能有一些自由的时间，但这不是主要的问题，而是他那小小的自由总是必须有所准备，是必须训练的。安赫莉卡很坚持，她的朋友都很和善，不会喝到耍酒疯，也不会有任何危险。当她说到"危险"时眼睛盯着我看，眼中带着坚持。关于安德烈，我觉得我必须向她解释得更详细一点，她一面听着我说，表情显得受到打击，欧吉修应该只是非常笼统地跟她讲了一下。

安德烈站在我们几步之外，他走过来，在安赫莉卡的脸颊上印上小小的吻，拉了拉她的手和手臂。

54 泥土

　　安赫莉卡和欧吉修离开时，一直要求我答应让安德烈去参加派对，我也无法再坚持。
　　"你说呢，安德烈？看到没有？他们很想让你去参加大舞会。"
　　安德烈抱着双臂，没有回答。
　　"还有，你不觉得安赫莉卡很可爱吗？"
　　安德烈睁大眼睛，让我很后悔自己说了那些话。

如果我拥抱你，请不要害怕

55 重金属

安德烈又飘远了，几乎不看我一眼，我必须坚持，才能要他做一件事。

加拿大人唐纳德来邀请我们去他家，他母亲非常想认识我们。

他们非常热情地招待我们，唐纳德的父母全都靠在门边，一看到我们出现在小路上，便开始挥手招呼我们。

唐纳德的母亲在三个人中间，不停地看着我们，连我们进入屋里坐下时，也一直盯着我们看。

我喝着好喝的咖啡，而她试着跟安德烈接触。她触摸他的手，安德烈退后，把手举高，用眼神搜寻我。后来他跟着唐纳德一起到房间里，因为唐纳德说要给他看一些收藏的纸钞，唐纳德显然还不知道这是有风险的。唐纳德的母亲找到机会跟我说了关于"螯合剂"[79]的事，这是一种治疗方法，用于去除残留在身体里的金属污染物，特别是可能借由打疫苗而进入体内的汞。

---

79. 此处所指的是"螯合剂疗法"，螯合剂是一种能结合矿物质或金属的物质，其结构与作用像是螃蟹用螯来抓取金属物质。这种疗法宣称注射螯合剂药物，可以排除体内的重金属毒素，达到医疗效果，但据研究显示，此种疗法用在自闭症患者身上，不仅有复杂的副作用，其效果亦有待评估。

我叹了一口气,告诉她我们曾花了一年半的时间,跟着一位在美国有过这种应用精确基础理论经验的医师,试过这个疗法。

"所以你不相信?"她非常直接地问我。我说:"我不知道,我没有看到结果。"不过这是指就我和我所能了解的部分而言。

我们离开的时候,唐纳德的母亲有一句话——"如果连螯合剂都无效,那你就得接受他永远治不好的事实。"——深深留在了我的脑海里。

蓝色的毛虫永远不会变成蝴蝶吗?

我的心陷入一阵狂风暴雨。

56 巴西之夜

参加那个派对不需要大费周章地去准备,衬衫不需要熨烫,也不用打领带,只要穿拖鞋、T恤,外加很多的活力就够了。

我们看到年轻人陆续来到,现场有吉他、啤酒和利口酒。有人点起火把,有人带来一些食物,并点燃烤肉架准备烤肉。气氛非常活络,但一点也不疯狂,大家都很平静、和缓,就连和朋友在一起、拥抱或彼此问候也是如此。

我问过欧吉修要不要陪我,现在我们俩就坐在离他们十几米外的地方。音乐开始,音量调高,大家跳起舞来。

我把安德烈交给安赫莉卡,以眼神请她要特别留意。

"你放心。"欧吉修对我说。

"安德烈可是会让人难以预料的。"

"我们在这里呀!"

"也对。"

"你担不担心安赫莉卡会出状况?"

"你要说什么?"

"我是说巴西女孩没有像欧洲女孩那么复杂,要是安赫莉卡……"

"你是说要是她喜欢安德烈?"

56 巴西之夜

"要发生的话也是自然的！"

"自然"，这个词听来好简单。我没有勇气向欧吉修坦白说出我心里想到的事。我对安德烈的需求所知极少，专家和医师都建议在面对自闭症患者的性欲问题时，必须非常谨慎，也许他们只能等待时机。你要如何去面对自闭症的儿子正在长大，成为一个男人？关于这一点，完全没有人可以给我建议。安德烈，我没有给你援助，但我也没有逃避。

整个派对上，我一直在深呼吸，出面处理了三四次状况。安德烈和其他孩子一起跳着，拥抱安赫莉卡，或是静止不动地看着其他人跳舞，一切都很好。

时间很晚了，安赫莉卡走过来找我，后面跟着安德烈，她问我是否能在我们家过夜。

真糟！我一时无法反应过来。我跟她说那不是我们的家，我们只是借住而已。但似乎我说了也像没说一样，安赫莉卡双手叉腰，等着我给她答案。

"可以，家里有地方可以让你睡。"我说，看着他们肩并肩走在一起时，我才领会其中的含义。安德烈比她还高，而她只到他的肩膀，但彼此的互动很流畅，一点也不尴尬。安德烈踮着脚尖，步伐有点紧张，他不时偷偷转向她看，随后又心不在焉地看着天空。确实，安赫莉卡真实而脆弱。她戴着色彩缤纷的手环，发出叮叮的响声。

在家里，我礼貌地问安赫莉卡能否先为大家准备茶喝，因为我必须检测安德烈的心智状态。

"今天晚上你要让安赫莉卡留下来陪你吗？"

"安赫莉卡你要。"

"你要吗？"

"我要。"

"如果她留在这里，会去跟你睡哦。"

"对，跟你。"

"安德烈，我提醒你，今晚可能会是一个很棒的晚上。"

"晚上很棒，晚上很棒。"

安德烈说的这些话让我知道，就某种程度来说，我可以放心，但是我看到他的自信，最重要的是他很快乐。

　　大家一起喝茶时，安德烈和安赫莉卡坐在门廊那边，我从他们的声音中听出一种天真无邪的愉快气氛。睡觉前，他们一起去冲澡，他笑得很开心，可以感觉出他的心情很好。

　　他们俩睡在同一张床上。

　　四周只剩下寂静。

57 安赫莉卡

安赫莉卡没有发出任何声音地走进厨房,她说有些事必须问我。我拉了一把椅子给她,替她倒了一杯咖啡,但她比较想喝牛奶。喝完第一口,她毫不扭捏地对我说她很喜欢安德烈。

"他很帅。"她接着说,"不过,他的眼睛怪怪的。"我问她:"你看到什么了?"她回答:"他的眼神像云在飘。"

我沉默,不知该说什么。安赫莉卡一点也不拐弯抹角,问我安德烈是不是处男。"我的妈呀!这……"我说,"他17岁,好像很容易被女生的美丽所吸引……很好,没错!他还没跟任何女人在一起过!"

安赫莉卡静静地看着我。我们等安德烈起床,他们俩一起吃早餐,然后相偕到沙滩上。

安德烈开始跟其他人单独相处,一开始跟欧吉修,现在则跟安赫莉卡,这是在整个旅程中还没发生过的事。

离这里约十几米外的河流入海处有家餐馆。总之,就是一家蛮舒适的烧烤餐馆,那里有现烤活鱼,那香味真让人无法抗拒。我看了看今天的主菜,是炸鱼条和鲜虾糊。好棒!我来订位,如果有必要的话。我也趁机和厨师聊天,此时安德烈和安赫莉卡正在海边玩水,这让我有种很幸福的感觉。我喊他们过来,看着他们吃东西,眼中只看到两个几乎像是男女朋友的年轻人。这是我第一次以这样的眼睛观看安德烈,对其他做父亲的人来说,这也许不过是件理所当然的事,但对我来说,这种激动之情就好像是两趟月球之旅。

午餐后,我们陪着安赫莉卡回家,并约定晚上再见面。我相信她没有办法和安德烈好好沟通,这让她不开心,她应该会想要发明些东西来让自己感觉更接近他吧!我了解她的心情。对我来说,要维持住一种接触的状态已经很难,再想象对这个刚认识安德烈的女孩来说,会有多难。

剩下我和安德烈时,他又飘远了,掉进他那些重复的动作中,只能喊他好几次才能抓住他的注意力。他困难地把我对他说的话掷回给我,很机械地回答,而且一逮到机会就逃。

"跟我聊聊你的新朋友安赫莉卡吧,她人很亲切吗?"

"安赫莉卡亲切。"

"你要她当女朋友吗?"

"女朋友我要。"

"你要不要跟我谈谈?"

"不要。"

"好吧,尊重隐私权……"

我精心准备了一顿很棒的晚餐,还邀请卖冰淇淋的女士和嬉皮图立欧,一起度过一个愉快的夜晚。我看到安德烈比较有意识,他到处走动,坐在大家身边,好像在听所有人说话,用自己的方式加入我们。

安赫莉卡话不多,我想要她多说些她的家庭,不过她不怎么说自己的事。当大家渐渐离去后,她走近我,握着自己的手,过了一会儿,看着我,然后说她喜欢安德烈。还没等我回答,她便向我询问一些该如何与安德烈相处的建议。我内心已经冷汗涔涔,努力不要显示出我的不安,我再次向她解释安德烈的行为模式,以及其行为所透露的信息,从这些谈话中似乎也显示出她急于知道。

我回到门廊,让他们单独相处,心同时狂跳着。几分钟后我听到一阵很大的声响,门打开,安赫莉卡眼神惊惶地跑出来。安德烈竟然

57 安赫莉卡

用力掐她的胸部，弄痛了她，而这完全不是她所想象的，那个动作把她吓坏了。我想办法安抚她，于是把安德烈找来，要他道歉。他显得很不安。

"安德烈，来，女生有如花朵，是只能轻轻抚摸的！"

他没有回答，那眼神显示出他整个人又飘远了。不行，安德烈，你要留在这里。

"我们要不要陪安赫莉卡回家？"

"安赫莉卡回家。"

我看着安赫莉卡，知道陪她回家对她来说是正确的。

我走着的时候能感觉到这个女孩的慌乱，她带着一种败阵的语调在门口向他道别。或者那是我自己的想象，是我自己的心灵状态。她不过是被打扰了而已。

我和安德烈踱着步，一起沿着沙滩走。灯火刚刚点起，月光映在水上，我们该让自己放松一下了。回到今天的那家餐馆后，灯火与海水就在河流注入海洋的那个点上，产生了一种奇异的波潮交会，安德烈想要跨越，我却把他拉住。很难评估那泛着银白色调的流体的深度，安德烈轻抚着它，深深受到吸引。我必须强拉着他，才能把他带回家。

58 滑雪大师

早晨多云,我们在门廊啃着饼干,让时间在双手间流逝。

这是怎么回事?我们一直自由自在地旅行着,现在却在这里和人体能量的涡轮打交道。

安德烈的世界只看一眼或只过一辈子是无法理解的,我必须再生一次,再跟随他千百次,才能了解他的优雅姿势,以及其中的奥秘。

我打电话给欧吉修,跟他谈昨天发生的事,他比较想见面再谈,于是我们约在广场上那个常坐的长凳上。

欧吉修一看到我就说,应该可以把安德烈交给卖冰淇淋的女士。我犹豫着。

"不用烦恼啦,他会很开心的。"他坚持道。

我们坐下来,以像老友般的信任。欧吉修向我保证,他已经跟安赫莉卡谈过,小女孩吓到了,但是她知道他没有暴力的企图,是一种冲动的反应。她现在觉得平静多了。

"可是我觉得她会不会不想再见到他……"我焦虑地问。

"这我就不知道了。"

"不过,这个安赫莉卡到底是谁呢?"

欧吉修看着我的脸,面色却凝重起来。

58 滑雪大师

"安赫莉卡是一个聪明的女孩！你别胡思乱想！只要别去指使她这个该做或那个不准，这样就够了。"

"好吧。"

我困惑地站了起来，眼角余光看见安德烈在广场的角落里，卖冰淇淋的女士正追着他，他又从另一边跑出来，他非常喜爱这种捉迷藏游戏，甚至到了疯狂的地步。

在镇上四处逛着时，我发现了一家小小的修车店，就像过去那种有脚踏车吊挂等着修理，有成堆的马达，充满机油的味道，只有一盏灯亮着，待售的摩托车都挂着"九成新"的店。我一边赞美着杜卡迪和吉雷拉[80]，一边说服了技师租给我一辆摩托车，我轻轻摸着那辆摩托车，心情非常激动。

"有什么地方建议我去呢？"我问他。他打量着我，然后说："特兰科索，那里值得去看看。"

我们再度上路行动，再度两个人一起，再度沉浸在旅行的精神中，再度骑车跑上一程，每次出发停留一个点后便离开。特兰科索的广场是个开满花朵的草坪，在这里，世界100年来都没有改变过。我喝了一杯非常美味的摩卡咖啡，而安德烈大口吃着巧克力甜点。

我们坐在一把长椅上看人，有几个人从前面走过，身上穿的T恤上写着"滑雪大师"的字样。滑雪大师？我忍不住想去弄清楚他们到底是做什么的，结果发现那是由一些意大利人所创办的"塞古罗港滑雪俱乐部"，跟山和雪一点关系也没有，当然也没有好玩的滑雪坡道，没有被太阳晒黑的笑脸，也不会有陪伴富家小姐却装模作样的滑雪教练，更别说会有雪鞋，不过却有助人的热忱。

"要不要跟我们去找尤利？"一个男人问我们。

"好啊！"我们停好车，登上一辆写着"滑雪俱乐部"的小巴士，尤利是一个住在贫民窟的孩子。

---

80. 两者皆为著名意大利摩托车厂牌。

"你想不想知道尤利中了什么大奖？"

"谢谢。"我相信，从他的口气中我知道，这一定又是个让人肝肠寸断的故事。我们进入一些必定是历经许多次搬迁、许多次装卸的棚寮、木板、钢铁和塑胶之间。

一个滑雪大师跟我说："这些贫民窟是人性写实的地方，你千万不要戴着劳力士表来这里，要是在这里展示你的收入有多高，他们就会把你洗劫得干干净净。没有必要来提醒他们，他们这一生中并不是超级幸运的人，这点他们都知道。"

我们来到一个层层金属片交错钉成的怪门前，这就是尤利住的小屋。到了这里，你的想象永远都不足以做好准备。那个孩子全身都用绷带缠着，我一点也不想知道那个病的名称，知道了又能有什么改变？他们跟他打招呼，介绍我们给他认识。安德烈站在我背后，有点躲藏的样子。我想，他们应该带来了一些捐助品、食物、药品和钱，但相反，今天是很棒的娱乐日子，捐助是以另一种方式进行。尤利非常喜欢小丑剧、俏皮话、滑稽剧，还有小丑们的推挤和吼叫，而滑雪大师们什么都表演。小朋友看到这些先生们模仿电视里的喜剧演员，笑得眼泪都流了出来。那必定是些很有名的演员，因为在某些节目中出现过，小孩们都记得。如果有办法的话，尤利必定也会在大师们之间爬行，连他的父母都笑了，天晓得这种事有几个月没发生过了。

他们送我们到停摩托车的地方，如果我骑的是哈雷，一定会来一场美洲漫游，我还挺想这样的。我也会在公路上跑上几公里，不过在这坑坑洞洞的国度里，是不允许这么做的。我们把摩托车交回去，出乎我意料的是，技师只收了我们几块钱的燃料费。

59 诱惑

大门响起几声重重的敲门声,还有一些小手的拍打声。我走过去开门,嬉皮图立欧、几个小孩和一个我好像还没见过的姑娘,一起告诉我要他们找安德烈。

"我家先生不在家。"我开着玩笑,还装腔作势地说(这显得很好玩),"这个家伙,大家都要找他!"不过安德烈却出现在我背后,手里还拿着一把不知道在哪儿找到的木匙,祝福着我们[81]。

"安德烈,安德烈,跟我们来吧!"那些小孩大喊。他们必定是要准备晚上的摊位,要卖磨指甲的锉刀、补过的袜子、最后部分散失了的书本……全都是阿拉亚尔达茹达的家庭用过或用坏了的东西。

图立欧接着说:"那里很好玩。"

"安德烈,你要跟图立欧去吗?"

"图立欧好好。"

"要去吗?"

"要。"

我有些犹豫。图立欧会说一点意大利语,他们可以想办法互相理

---

81. 安德烈拿着木匙的动作,像是做出宗教的祝福手势。

解,欧吉修也知道几个字,比如,"是""不是""好""早安",除此之外就没有了。我看着安德烈离开,他走在小队的前面,以极轻快又有力的步伐领头跳着。他自有他强劲的活力和吸引力,在这些走过的地方和片段、波动又美好的时光里,也许他有了另一种角色、另一种魅力。

去吧!我想,去吧!他们一行人渐渐消失,我的内心总是有一种小小的纠结。

我在附近沿着崖边散步,没有走得太远。我听到一阵门铃的响声,我很担心,赶快跑回家。我以为是才走了不到100米就迷路了的安德烈,但其实是那个加拿大人——唐纳德。

"我昨天看见你骑摩托车兜风呀!"他对我说,"那辆车很拉风啊!你不想骑那辆车来趟名副其实的奔驰吗?"

"我在北美洲已经跑了好长一段路了……"

"很好,不过那边走起来像是电扶梯。在巴西,这里有些路会让你跑起来感觉像是被拳王阿里揍。"

"看来它们还不清楚我的步法[82]……"

"我对你有信心。跟我去库穆鲁沙蒂巴,那里有广阔的森林,还有一个庄园,设计者是一个颇受甲壳虫乐队影响的家伙,那边有些隐藏着的危险的小路,在河流与沙滩间迅速出现又迅速消失。"

"有多迅速?"

"你眼睛才抬起来,脚就已经泡水了。"

路程150公里,明天一早出发,晚上就会回来。

"那安德烈呢?"我问。

"我们要骑的是越野车,我不认为他能玩得愉快。"唐纳德回答。

"我很想去,可是不带安德烈……"

"他可以跟欧吉修和其他人在一起啊,没问题啦!"

"他们会遗弃他。"

"怎么会!半天而已……"

---

[82]. 此处"步法"指的是拳击运动的脚步。

60 库穆鲁沙蒂巴

我非常早就起床了,心里有点挣扎地听着安德烈有规律的呼吸。他一定很平静,否则,他应该已经起床,而且随着只有他才看得到的路径,启动他那能深入侦查某些事物的探测器,这个特别的装置能让他看到蚂蚁的行迹、光中的粉尘。我轻轻地叫醒他,再次告诉他我今天会出去一整天。我很少离开他超过几个小时。我等着欧吉修过来,他答应要照顾他。欧吉修一看到我,就马上知道我的心情,还大笑了一番。

"晚上你回来时,不会看到我把他拆掉转卖出去啦,我会把他完完整整地还给你!"

安德烈还在床上,不知道是不是对我这短暂的离开表示不认同,我问他我可不可以去,他则不止一次地重复说"好"。

唐纳德建议我背包里不要装没有用的东西,只要一瓶水、一件运动衫和一件轻便雨衣,以防万一。

我们缓缓出发,唐纳德骑在前面,他很快就加速了,催促我也加速。我们骑了十几公里后,那已经被许多人走过的路变得愈来愈窄,深入树丛中。有很长一段路程没有半点人烟,到了一条河流附近又能晒到日光,我们在那边绕着,找船家把我们和摩托车运到对岸。不晓得从哪儿突然冒出几个矮小又安静的印第安船夫,我们把摩托车搬上船,就蜷缩在一旁。下船前我们付了一些钱,船就开走,转个弯便不见了。我们沿着一个庄园走,又转弯向海边前进,沿着沙滩走了几公里,越过一条几乎要消失的河流后,再度进入森林里。超过两个小时的时间,草丛和矮树丛不断鞭打着我们的腿,直到转到另一条路上后,一栋华丽的白色建筑出现了!那是座伸向海洋的灯塔,唐纳德做出手势,表示我们已经到达。

唐纳德的朋友们已经在等我们了。他向我介绍他们,分别是两个有名的建筑师、一个广告人,还有一个很有钱的加拿大女人——他母亲的朋友。在进入室内前,他们陪着我们到崖边,让我们一饱眼福,那广袤的景象吞噬着我们,我发誓,我们看到了南非。

对我来说,这真是个奇异的效应,没有和安德烈一起在这里,我才能稍稍觉得无拘无束。

唐纳德和别墅里的宾客们相处得非常自在,而我却开始注意时间,我计算我们过来所花的时间,估计再过一会儿就得上路了。唐纳德却是一点也不担心的样子,还一再开启话题,继续聊天,直到房子的女主人邀我们在那里过夜,她摊开双手,就像在说:如果你们没问题的话……

"有个小问题。"我说,"我儿子人在阿拉亚尔达茹达,我不想丢下他一个人。"

"你儿子几岁?"那位女士很吃惊地问。

"17岁。"

"亲爱的,17岁的时候,什么都需要,唯一不需要的就是还跟父母亲赖在一起!"

唐纳德意识到那样的回答让我非常不高兴,他试图解释。当然,那位女士完全不清楚安德烈的状况,我不能期望她知道我心里所想的,或是发现我声音中的颤抖。我试着让自己平静下来,告诉自己这种紧张只是我自己的罪恶感,我不应该来这里。

"我要回去了。"我跟唐纳德说。

"不,跟我们一起留在这里吧!"这个加拿大人坚持着,"这里的晚上可以看见整个银河的美景,感觉像用肉眼在观看宇宙。别担心你的儿子,你打个电话给他,问问看他觉得你留在这里好不好。"

60 库穆鲁沙蒂巴

打个电话……我直视唐纳德的眼睛。"我要走。"我很无礼,从大家的表情就看得出来,唐纳德很糗。我拿起背包,向大家道歉并告辞。

我跳上摩托车,唐纳德也走近他的摩托车,整理一下东西,检查燃料。"等等。"他喊道,但我已经出发了。我加速前进,希望路程很快就结束,阿拉亚尔达茹达就在弯道后面。森林又出现了,光线也改变了,我试着回想一些有提示的景象。相反,骑了大约五十几公里后,我发现自己迷路了。前方有鸟飞翔,树木似乎也愈来愈高。一辆由驴拉着的车给了我希望,车上的男孩在我请他为我指点往阿拉亚尔达茹达的路时,耸耸肩,好像在说他从没听说过那个地方。他停车,下来,想了想,提起了库穆鲁沙蒂巴,也就是我刚离开一阵子的地方,他建议我再走回去。我问他哪个方向会靠近海,他也不知道。他笑笑,很抱歉,不知道。

我把摩托车靠在一棵树下,向四方张望。我站着不动,什么也没看见,也了解了许多事——这种仓促和焦虑毫无道理。我去过许多地方,曾经迷路,也曾陷在某些地方打转,如今来到这里,仍然带着同样的问题和散落在各处行李箱中的答案。

我再度骑上摩托车,让直觉带着我走,单纯,没有恐惧。

午后时间过得很快,阿拉亚尔达茹达还在某处。

在一处黄土道路交叉的地方有个茶水站,我要了一些饮料,端杯子给我的人知道阿拉亚尔达茹达,他说我没有骑错,再过两三个小时就到了。付账,上车。我以为我认得那个地方,骑了几公里后,我沿着海洋的道路前进,正如我们来的时候那样。我们度过的那条河变宽了,或许是因为海潮的关系,但我不认为能过得去,于是感到不安。这时我听见一阵声音,那阵起起停停的声音我在森林里就已经听到了,听起来像是在跟着我,现在则露出了真实身份。是唐纳德的摩托车,他一路跟着我,有如一个仓促的逃亡者的护卫。

"你看到一意孤行会发生什么事了吧?必须对海潮有所认识,否则就会被困住。"

"同意。现在呢?"

"我们必须往回走,走另外一条路。"

"可是这样我们今晚到得了阿拉亚尔达茹达吗?"

"试试看吧!"唐纳德说。

我们再度出发,没过多久,一场暴雨毫不留情地从天而降,我连穿上雨衣的勇气都没有。我们找到路旁的一间小屋躲雨,那个房子色彩强烈,连这上吨的大雨都无法把它的颜色冲淡。从窗上可以看到电视机传来一丝微弱却很真实的光线。我们冷得要命,敲门,开门的是一个女人,她马上了解了我们的情况,请我们进屋。屋里也一样精彩,每一面墙都有不一样的颜色,物品摆设活泼,还有一群小孩散布在各个角落。

那个女人把我们安置在一个长椅凳上,然后略略带着专业看护般的权威,坐在那一行不晓得是孩子还是孙子的小孩后面,所有人都安安静静地看着电视剧。屋外狂风暴雨,屋里是不可错过的电视剧。那些被电视剧剧情催眠的小孩,一个接一个地在沙发上、桌上、地上睡着了。电视的光熄灭了,不过我担心倒在电视机前的那几个小孩会一直躺在那里。暴风雨和电视剧几乎同声齐步地在同一瞬间结束。一片漆黑,那个看护转过头来看我们——根本还不能上路。我对唐纳德冒出了一句粗话,他知道我当时内心的状态。

"欧吉修是一个聪明的人,相信我,你要有信心。"

"可是这是他第一次跟陌生人过夜。"

"欧吉修又不是什么随随便便的陌生人。"

我摊摊手,眼睛往上看。"加油啊安德烈,你都已经经历过许多次黑夜了,你总是能安然度过。"

我们很累,腿也很痛——那些植物的鞭笞让我们非常有感觉。那个女人拿了一瓶卡恰萨[83]要替我们消毒,唐纳德先大灌一口,然后脱下长裤,往那又红又肿的破皮处浇上卡恰萨。我们想要哀号,但怕吵醒那些孩子,只得压抑住声音。

这是必要的惩罚,最后连我们也在地板上睡着了。

也许安德烈这晚过得比我还好。

---

83. 又称巴西朗姆酒,是一种以新鲜甘蔗汁通过蒸馏和发酵酿造出的烈酒。

61 罗曼蒂克

电视剧宛如轻量的一氧化碳,我们醒来时,那些小孩还持续在前晚的昏睡中,那名看护为我们煮了杯唤醒身心的强力咖啡。

那场风雨把路上的坑洞转化成了许多危机暗藏的泥浆小湖,我们得慢慢前进。离阿拉亚尔达茹达还远,整个森林到处淌水、喷溅、冲刷,也坍塌。我们全身湿透,尽管伤口已经用卡恰萨冲洗过,但还是灼烧着。即使唐纳德这样年轻力壮,都显得非常难受。我们每隔十几公里就停一下,全都累垮了。

在某次暂停之后,我的摩托车发动不了了,我开始在想,这周遭的一切都在跟我作对,要把我拉离安德烈。唐纳德敲弄了摩托车一阵,试踩油门,清洁,检查汽油,看看是不是还会有残余的几滴。最后他向一辆路过的车招手,问他这附近是不是有加油站,然后便出发去找汽油。

唐纳德必定走了很多路才找到加油站,当我们再度出发时已经是下午了。黄昏时我们抵达阿拉亚尔达茹达,还了摩托车后,唐纳德友善地搔着我的肩膀。

"下次不敢了?"他问。

我没有生他的气,向他拥抱道别后就去找安德烈了。

欧吉修对我的迟归一点也不惊讶,甚至也没有半点不耐烦。"你儿子好端端的。"他说，"他在我家，把所有能找到的箱子都搬动了。还把剪刀、菜刀，甚至我们到处乱丢的拖鞋都摆整齐了。当然啦，电冰箱门他也是打开不关的。"

"他上厕所了吗？"我想到了比较实际的问题。

"啊，这个我倒真的没检查过！你来看看他整理过的样子吧……"

"没出其他状况吗？"不过看欧吉修一脸很欣赏的样子，我就安心了。他几乎是拖着我，把我带到那些孩子们办市集的建筑去。我从远处看到一小群人在那里走动，那些墙面好像散发出某种反射的光彩。

我认出了安德烈的彩色构成，几乎所有东西的表面都被他的语汇染指：石灰白、铬黄色、苹绿色……

"那是安赫莉卡的主意。"欧吉修告诉我。他叫图力欧去找佩尔佩图奥，他以前帮人粉刷房子，应该还有一些剩下的漆，只要不太旧，或是那些桶没被他遗忘在太阳底下，让它们晒得跟他一样干瘪就还能用。佩尔佩图奥还真的有很多颜料，还有好几桶，而且也没用了，因为用坏了所有油漆刷，他也就不再粉刷屋墙了。

"你儿子还真是个艺术家呢！"欧吉修拍手赞叹。

"他现在在哪儿？"

"跟安赫莉卡去散步了。他们今天晚上还一起睡，你会发现那个时刻又回来了。"

"什么，他们睡一起？"

"在我家啊，一切都很好，没问题的。"

"不，等等。没问题是指什么？"

"他们就睡觉，起床，一起去散步……"

现在已经是黑夜了，最好快找到他们。我们到处找都找不到，也不在我家，两个人也许去哪里吃东西了，我们回到广场上，那边的店里也没有任何踪迹，什么也没有。这下子不只是我担心，欧吉修也担心起来。他们会跑到哪儿去呢？

"我知道了！安德烈很喜欢海滩，连晚上他也想去。"

"不行呀！"欧吉修大叫，"对这两个单独行动的孩子来说，晚上

61 罗曼蒂克

在海滩是非常危险的。"

他的声调让我的血液像火箭一样地冲了起来，瞬间我和他都往海滩飞奔过去。我们自己吓自己，这种时候心里想到的只是世上所有抢劫、杀人、器官走私这类危险的事。这样度过肾上腺素高涨的好几分钟后，我停下来喘口气，想起几天前的一个晚上和安德烈一路走到小河入海的地方。他很喜欢那里，我也确定他应该会牢牢记在脑海里。我跟欧吉修说了这件事，我们俩跑着，心脏都快跳出来了。今天晚上月光很美，安德烈和安赫莉卡一前一后，她拥着他，而他双手捧着她的脸。他们接吻，注视着彼此，就像一对情侣，也许在此刻他们就是一对情侣。

泪水涌上我的双眼。

"你们还好吗？"我大喊。

"这里有月光相伴，真好。"安赫莉卡说。

我心中的恐惧感瞬间消失。安德烈向我跑过来，我拥抱他，感觉到他的脉搏在跳动，感觉到他充满活力。安赫莉卡说是安德烈牵着她的手，带她来到这个美丽的地方。

"太棒了，安德烈！你真是罗曼蒂克，还知道要带女生去哪儿。"我们一起回家，开着玩笑，开心地笑着。

安赫莉卡和安德烈走在我前面，我感觉像是在飞翔。

如果我拥抱你，请不要害怕

62 地球人

早上是那两条腿把我唤醒的。它们在灼烧、抗议着，连手臂也因为在沙滩上骑摩托车而酸痛，更别说下床伸懒腰了。我在那些大得像深渊的坑洞里来回折腾了两次，在巴西，坑洞多得是，就连迟来的副作用也不少。

但心情帮了忙，我拉长身体，像猫一样伸展，又恢复了快活感。我采取跳姿，先用这只脚，等一下再用另一只脚跳，朝向安德烈的床边前进。我发现他早已起床。我停止跳跃，张望四周。

安德烈在吃东西，大门还关着。时间应该很晚了，睡眠将我摆平，因为我昨天沉醉在美好的感动中。

我探头看外面，多云的天气。我颤抖了一下，但不是因为冷，也不是因为担忧。有好几次我梦见安德烈的房间空空的，这代表事情步上了轨道。"他痊愈了！"我在梦里这样告诉自己，"你看吧，这件事不算什么，都过去了。"

在穿衣服的时候，电话响了，是旅行社，已经有回去的班机了，就在两天后。我叹了一口气，办事员问我这样可以吗。

我回答说，两天后非常好。

安德烈站在几步之外的植物中间看着我，并向我走来。

"安德烈，我们要回家了。"

62 地球人

他什么也没说，一只手抓着另一边的手臂，微笑着。

我们走向海滩，安德烈看到安赫莉卡就飞奔了过去。我感受得到他的喜悦，看到他这样真是太好了，于是我便留下他俩单独相处。

我去餐馆找欧吉修，他鼓起勇气告诉我，他答应今晚把房子留给安赫莉卡一个人用。

"她想要在家里和安德烈单独相处？"

"也就是说她信任他。"

我嗤之以鼻。"拜托，"欧吉修对我说，"别那种表情好吗？"他认为安赫莉卡去找了图力欧，把一些句子翻译成意大利文，"为了让你儿子更进一步了解她。这不是很贴心吗？"

"哪些句子？"

"像是：'听着我，我可以跟你说话吗？''注意我一下好吗？''让我吻你吧！''让我抚摸你。'你别担心。他们可能会接吻，就像他们已经做过的；他们也可能会一起睡，就像两个小孩那样；或者一起看电影。"欧吉修爆出了一阵刺耳的大笑声。

"你笑？你知道我从库穆鲁沙蒂巴回来的路上曾决定什么事吗？我想明白地告诉安赫莉卡……我甚至会付钱给她！不管多少钱。你懂我的意思吗，欧吉修？我应该会这样做！我不觉得可耻！我觉得很痛苦，但我应该会这样做。"

"别这样，"欧吉修对我说，"现在说这个还太早，我们让命运去决定吧！命运自有安排。"

"到时候，他们也可以在乔安娜的房子里。"

"对啊，为什么不？到时候你跟我，像两个疯子一样出去到处乱走。"

我独自一人在阿拉亚尔达茹达的小广场上，喝了一杯咖啡。

我问自己，如果安德烈能和一个女孩有性行为，能发现自己的性欲，并与之共存，那么就像是一个满足的源泉，而不是为了欢乐。还没有人卖那种教人躲避愚蠢的地图，都说自闭症的孩子对性没什么兴趣，都说这会是一种与他人之间太过亲密的关系。真是太厉害了，他们应该曾收到过从那个世界寄出来的信，对他们说："我们对身体和性没有兴趣，我们喜欢质数、抽象画，还喜欢把牙签都摆正。"我没有什么真理，只需看着安德烈，就会知道他有冲动和欲望的考验。当我们在谈论这些话题时，他的脸上会出现微笑，久久不会消失。

我和安德烈一起度过下午，我细细审视他的每一个小动作。他看起来并不紧张，他经历过更动荡的日子，他听着iPod里的音乐，接着在屋里到处游走，用他心里的显微镜检查各个细节。我再度从我的东西中找出最后一张他的字条。

父：你比较开心还是比较难过？
子：开心。
父：你不会因为自闭症阻碍你做所有的事而难过吗？
子：平行宇宙是自闭的我必须向地球人学习。
父：那你……你不是地球人吗？
子：地球人我学习就变成了。

我把它撕碎，撕得很细很细。

我们留下安德烈和安赫莉卡在广场的长椅上，我和欧吉修开始在阿拉亚尔达茹达逛着，就像走在自己家乡的小村落。在我小时候成长的村落里，我们和我们所引以为榜样的小人物在一起，他们让我们幻想，教导我们人生的课题，虽然有时候这些榜样是负面的，却仍有用。我们从聆听和观察中学习，因为永远都有可信赖的人物。

有时候我在想，我们变得愈来愈不可信赖了。

我们往崖边走去，欧吉修带着一个手提冰桶，里面有啤酒和一瓶卡恰萨，以备不时之需。我告诉他，卡恰萨很烈，但他对这个意见显得满不在乎。我们躲在一堵矮墙后面，倚着冰桶坐了下来，完全就像两个疯子。我往50多米外的房子那边看了一眼，又看着欧吉修的拖鞋，他盯着我的表情，我猜我的表情在他看来应该是既担心又期待吧！公主将会亲吻癞蛤蟆，这一切都将有所转变，这个想法多轻松啊，于是我开了第一罐啤酒。

我们看到他们回来了，安德烈走在前面，她在后，步履轻盈又有点警觉。然后他停下，转身，眼睛搜寻她，她闪躲，她碰了一下他的手，他向前，她让开。

乔安娜的屋子里亮起了一盏灯，遮住他们俩的那些墙就像帷幕一样。我啜饮着啤酒，几乎尝不出它的味道。

"欧吉修，你知道吗？生命在某些人身上，在关键时刻出了差错。"

"这是什么意思？"

"在该放上句点的地方被错放了个逗点。还忘了给个眼睛，给只耳朵，少放了一个脑袋或一只手。生命错乱了，提早了一毫米就完工。就所有那些要交给生命来处理的工作量来说，缺失算不上大。"

"没错。"

"你知道我有什么梦想吗？"

"不知道。"

"我希望能有一个税捐，人类所有团体都要缴一笔税捐，用来对抗生命的错乱。这不是钱的问题，而是个文明的问题，因为这可能会轮到任何一个人，就像乐透一样，只不过我们不共享中奖的喜悦，而是共同承担损失。中奖由获得的人享有，这是正确无误的，但损失则由大家一起来承担。"

"这真是个梦想。"

"但，会是个无法实现的梦想吗？"

欧吉修抓起了那瓶卡恰萨，注视着，像在征询许可般，接着就灌了下去。

"不知道。"他说。

"永远不会发生吗？"我问。

"我们能这样说定吗？"

"就我们俩……不能。"

"没错！"

我们听见门廊那边有些动静：安德烈和安赫莉卡在那里坐了几分钟，他们相拥着，又进屋去了。

过了一会儿，安德烈跑了出来，向我们这边靠近。我多想对他大喊不要勉强，只要做自己想做的；我多想告诉他，他很坚强，我真的这样认为；我多想给他信心，但我只是喃喃地说着，我很爱他。

安德烈走过矮墙时没看见我们，他又往前走了几米，转身并举起一只手，划向月亮，接着返回去。安赫莉卡一直留在门廊观察着。

我的天啊！安德烈，这么棒的夜晚在等着你……这么棒的夜晚就在我眼前。这种激动我不知道该如何形容，这跟我的第一次完全不同！

一盏灯打开后又熄灭，接着就不再亮起了。这时，我突然忘掉所有我研读过、学习过的那一点关于自闭症的知识，因为你去询问，去试图了解，去查阅他人的经历，因为你期望这个世界一直在转动，研究一直在进行，世界上的科学家们投入了很大的力量。你想象有一天，生命会来按你的门铃，教给你一个解决的方法，可是在这里，在此时，只需要一点宁静、一点想象，因为你的心感受到一种歇息的脉动。

我们的背靠着墙，毫无节制地喝着啤酒和卡恰萨，一阵好大的风吹起。

晚安，安德烈，你正在旅行中。

63 信

欧吉修已经睡着了,瘫倒在矮墙边上,当他醒来时,便起身,像要往他家的方向走。

"要不要来我家?"他喃喃地说。我没有回答,我站起来,朝他做了个手势,随后便回到乔安娜的房子里。我很小心,没有弄出声响,里面又黑又安静,我溜进我的房间,找出一个小手电筒,放在床头柜上,照耀着乔安娜的信。我整个晚上都在粘贴那张纸的最后一些碎片,剩下的时间我读了那封信。

亲爱的罗克萨娜:

天知道你听过多少次,人们提起你的家庭时,都说那是个单身女人的不幸家庭。好吧,第一眼看起来正是如此。当你的曾祖母决定不再爱自己时,便再也不想看见任何人,她把自己关在家里;你母亲决定只爱一个人,尽管对方是错的人;而我,则是有过太多情人,让我无法放下。但这跟不幸和孤单一点关系也没有。你跌了一跤,错过了公交车,这是不幸;你从树下经过,树枝掉在你的头上,这也是不幸。但是当重大事件,还有那些让人遭受痛苦的事发生时,那不叫不幸,那是你的生命,你只能尽可能地找出方法继续走下去。

如果我拥抱你，请不要害怕

至于孤单，不要让自己被文字吓到。一个单身的女人可以不必忍受孤单，我就从没有忍受过孤单，因为你总是可以打开窗户，呼吸新鲜空气，看看窗台上的猫，抚摸自己的头发，幻想任何你所想要的世界。当你呼吸得不够，没有注意到改变，或是你唯一的梦想整晚都在敲击你的脑袋时，孤单就会产生。因此，我写信给你并不是因为我感到孤单，我写信给你是因为我想要和你说说话，想要告诉你，你并不孤单，也为了让你消除这个错误的想法。如果你爱自己、爱生命，生命就不会留下你孤单一人。有时候你会觉得累，但你永远不会孤单。

乔安娜，你母亲的母亲

"爱自己。"我复述着。安德烈有办法爱自己吗？

在厨房里，我试图以秘密探员般的动作准备早餐，我拧紧咖啡壶，像是在替手枪装上消音器。

安赫莉卡出现了，她什么也没对我说，只想喝牛奶。我温着牛奶时，无意识地以询问般的眼神看着她。她小心翼翼地摆着杯子、汤匙、餐巾。我忍不住了："结果怎么样？"

安赫莉卡搅拌着糖，缓缓地，这几乎让我有点恼火。经过一段很长的沉默后，她说能认识安德烈是一个很美好的经历。她以她那清澈的眼睛看着我，我很想问那些安德烈永远无法回答的问题，但我恢复了清醒，问题真的太多了，也许这并不重要。

"我们今天晚上就要走了。"我说。

"欧吉修跟我说过了。"

"也许，过不了多久，我们就会再回来。"我不知道该说些什么。我听到一些声响，安德烈起床了，他走进浴室，弄掉了什么东西。我喊他。

安德烈看着安赫莉卡，脸上有一种奇怪的表情，一种询问的眼神。"安德烈，"我说，"要跟安赫莉卡说再见吗？你要留给她什么样的回忆？"

"回忆安赫莉卡。"
"你要留给她什么？"
"一个回忆。"
"你的手链，好吗？"
"好。"

我帮他摘下手链，戴到安赫莉卡的手腕上。她留在原地，看着安德烈好一会儿。

"安德烈，你不送安赫莉卡到大门口吗？"

我希望他们能有一个完全属于自己的片刻。

我坐在椅子上不动，也许是我对这场别离感到难受，而安德烈应该会是像平常一样道别，就像每天一样，一声平常的"拜拜"。

外表是这样，但内心呢？

如果我拥抱你，请不要害怕

64 明天

这一天到底是只有1分钟还是100个小时，我们都不知道。我们开始打包行李，我坚持由他负责填塞我们那些神奇的背包。当我们打包完毕，来到门廊时，天空阴沉。我试着跟他聊聊旅行、回家、学校开学，还有妈妈、弟弟和我们那只跳伞狗菲利普。安德烈此时意识非常清晰，我有种真正对话的感觉。

最后道别时，欧吉修为我们准备了最后的午餐，之后陪我们到机场。班机延误了4个小时。

明天，就回到真正的家了。

不知道为什么，我的心里飘过了一些朦胧的思绪。大概是因为飞机先前因乱流而失重，摇晃了起来，让有些原已束之高阁的想法统统掉落下来。

我在想一件很自然的事。我和安德烈的妈妈总有一天都会死去，这件事也将产生另一件很自然的事——安德烈会一个人留在这个世上至少30年，留在他自己那片印第安保留区里。

我觉得他健康、强壮，长得也很好看，我想象他应该会健健康康地活到100岁。

64 明天

一个"具体"的可能，因为生命并不是开玩笑，那就是安德烈的生活会迁移到某些空间里：食堂、规定，还有药物，没有真正的人际关系，没有真正的感情，陷入一种加倍的孤寂中，而这个结果让人很难接受。现在还有体力，心智上也还有办法让我的生活绕着他的生活转，但时间不与我的心力配合，因为在未来不会有那样的一天，安德烈可以突然将他的世界和我们的世界连结；也不会有那么一天，我坐在长椅上，而他带着微笑，悄悄地靠近，告诉我："好了爸爸，现在你可以去你想去的地方，我自己一个人就可以应付了。"

我知道某些做父亲的，当他们被拖进这场毁灭性的旋风里时，只要想到孩子的生活在空无的幽谷中摆荡，那种可怕的想法就会来袭击他们，连我也考虑过死亡。那不会是件悲伤的事，依我的状况，我今天就可以死去了。我已经度过了充实的一生：工作、旅行、爱、朋友、满足、幸运和倒霉。我一切都准备好了，可是我想到安德烈——他是一个心智上被自闭症囚禁的生命，在现实中，他被封闭在校园里，十几年来身处在一片情感的沙漠中。

当时候来到，那个可怕的念头突然来袭，也许我会自私地带着他走。我们会办一次派对，我们会尝试永远消失。我们会和所有的人道别，安德烈会拔下我们用来装饰客厅的植物上面的叶子，会摸摸大家的肚子，我们会喝下最后一杯酒。会有一大堆泡泡，一大堆像热气球一样的肥皂泡泡带着我们飞进空中，我们还会放烟火，烟火中会有遮掩过星星的蓝色光芒。

最后只会剩下一些纸张的碎片，还有安德烈撕下来散在四处的纸页，好像一场撒种，指引出介于我们的存在和天堂之间的道路。

大概是乱流中的失重状态，大概是旅行的终点到了。或许生命复杂而美好，或许因为我们不能理解，但至少能想象，不管美好与否，它都会带领我们向前。

它会带领我们到明天。